COLLECTION

L'IMAGINAIRE

W0206804

Alexandre Vialatte

Battling le ténébreux

ou

La mue périlleuse

Préface de
Angelo Rinaldi

Gallimard

© Éditions Gallimard, 1928.
© Éditions Gallimard, 1982, pour la préface.

Trois romans ont suffi pour assurer la survie littéraire d'Alexandre Vialatte (1901-1971). D'ailleurs, s'il n'a pas vraiment atteint le grand public comme il pouvait l'espérer, Vialatte a toujours eu un cercle de lecteurs fervents et d'admirateurs.

Ces trois romans sont *Battling le ténébreux* (1928), *Le fidèle berger* (1942) et *Les fruits du Congo* (1951). Le premier a reçu une bourse Blumenthal, le troisième le prix Charles-Veillon.

D'origine auvergnate, Alexandre Vialatte a écrit en outre des chroniques et des ouvrages sur son pays. Il eut aussi le mérite d'introduire Kafka en France. Dès 1927, il traduisait *La métamorphose* et, en 1933, *Le procès,* que devaient suivre les autres œuvres de Kafka. Vialatte a été également le traducteur de Nietzsche, Goethe, Thomas Mann, Franz Werfel, Hugo von Hofmannstahl, Emil Ludwig...

PRÉFACE

On a coutume d'associer le nom de Kafka aux ténébreuses machinations dont l'homme ne sort vivant qu'à moitié dans ce siècle de fer — quand il en sort. On ferait bien, pour compléter la légende policière du jeune homme de Prague à chapeau mou — c'était, du reste, le chapeau d'Humphrey Bogart avant Humphrey Bogart —, de l'inculper d'homicide involontaire : l'auteur du Château *a, en effet, tué pour de longues années le grand écrivain qui, le premier, lui obtint la nationalité française. Sa traduction fut si parfaite que l'on n'a plus retenu que cet aspect de son talent. Il augmente certes notre reconnaissance à son égard, mais il diminue l'importance de son œuvre romanesque qu'il a privée de la renommée à laquelle sa singularité avait droit. Il faut dire qu'à une époque où tout se juge au poids et au bruit, cette œuvre d'une discrétion à contre-*

courant peut paraître mince. Comme si un seul titre ne suffisait pas à la gloire de Mme de Lafayette, de Benjamin Constant et d'Eugène Fromentin. Vialatte a sur eux la supériorité d'avoir écrit, non pas un unique ouvrage, mais trois qui restent mémorables, et qui furent publiés à d'assez longs intervalles (zéro pour la tactique, élève Vialatte).

Battling le ténébreux *fut le premier, que suivirent, avec toute la nonchalance requise,* Le fidèle berger, *et* Les fruits du Congo. *Tant de modestie n'était pas de nature à favoriser l'épanouissement d'une carrière, d'autant plus que le bonhomme compliquait encore les choses par l'abondance de ses dons. Il appartient à la catégorie des écrivains Gémeaux; sous la casquette du germaniste, il présente deux visages, quand le public a tant de mal, déjà, à en retenir un. Il y a un Pollux-chroniqueur, et un Castor-romancier. Ils se font mutuellement le plus grand tort. Pollux, comme Alain, mais en plus drôle, on s'en doute, que ce penseur radical-socialiste, alimentait en « propos » un quotidien de province. Il donnait aussi, chaque mois, à un mensuel féminin, un portrait astrologique qui laissait les lectrices dans un état proche de l'égarement, excitait le petit monde des lettres, et consternait la direction. Elle s'habituait mal à une sorte de délire d'érudition à la Borges, mâtiné de fantaisie surréa-*

liste, et corsé d'anarchisme auvergnat. Jean Paulhan, le dessinateur Chaval, le peintre Dubuffet, Roger Nimier et quelques autres s'y retrouvaient bien, ce qui était l'essentiel.

Depuis quelques années, on redécouvre Pollux, on l'arrache au petit cercle de fanatiques, on rassemble ses textes où la mélancolie voile toujours les images et les enchaînements cocasses, faisant courir, sous les paillettes de la phrase, une chanson qui serre le cœur, nettoie le brillant de sa gratuité, et ramène une virtuosité aérienne sur cette terre où, selon Vialatte, la Bible et les statistiques de l'I.N.S.E.E., on n'est pas forcément heureux tous les jours.

Castor ne risque-t-il pas de subir le contre-coup de ce succès qui va grandissant, et conduit la jeunesse aux pieds d'un champion de la littérature, capable également de faire rire, à la différence de la plupart de ses congénères ? Une dizaine d'années après sa mort, Vialatte ne serait-il sorti de l'ombre, dont il se contentait d'ailleurs fort bien, que pour être placé dans une catégorie jugée mineure par les présomptueux qui oublient que le genre mineur est un genre en soi, pour lequel des qualités majeures sont, justement, nécessaires. (On vide parfois toute une roseraie pour obtenir une goutte d'essence de parfum.)

La réédition de Battling *s'imposait donc, qui*

montre Vialatte tel qu'il surgit, en 1928, et tel qu'il est encore le jour de sa disparition, le 3 mai 1971. De bonne heure, il n'a ressemblé qu'à lui-même.

Certains considèrent comme son chef-d'œuvre ce récit des joies, des amusements et des désespoirs d'un trio de lycéens qui rêvent et désirent, dans une petite ville de province, autour de la figure d'une jeune Allemande, sculpteur de profession, qui vient de s'installer non loin du collège. Battling (le Cogneur), frère d'un Dargelos, héros, lui aussi, de ces salles de classe qui « sentent le sperme et la craie », se perdra à vouloir la séduire. Rien de plus qu'un fait divers ; en outre, ce monde est daté par mille détails. Mais les sentiments, les itinéraires chimériques et les fièvres appartiennent à l'adolescence de toujours, et sont revisités par un artiste que la proximité de l'abîme et l'intuition de la vérité — toute de tristesse — ont rendu gai et mélodieux à la fois.

Malraux, qui, le premier, rendit compte de ce livre écrit par un jeune homme de vingt-sept ans, avait trouvé à cette lecture le « même ordre de plaisir qu'à celle de Nerval ». Mais il ne faut pas écraser Vialatte, bien qu'il soit de taille à tout subir, sous le poids des comparaisons : il est inimitable, et dans le roman français, à ce jour, personne n'est allé plus loin que lui dans le mélange rationnel du rêve et de la réalité. Aussi voit-on, sans étonnement, l'ombre de ses personnages se détacher de leur statue pour rejoindre le lecteur. Car Battling, dès qu'on le croise, son tendre fantôme s'attache à nos pas et ne nous quitte plus.

Angelo Rinaldi

Au sous-lieutenant Paul Pourrat.
mon ami qui dort sous la terre,

et à mon frère,

pour la joie qui nous conduisait tous trois en montagne, et pour l'amitié, qui vaut mieux que tout.

Passons, passons, puisque tout passe
Nous nous retournerons souvent...

(GUILLAUME APOLLINAIRE, *Alcools*.)

J'ai retrouvé ta trace, vieux Paul, sous une odeur de camphre et de roses, dans un hôpital militaire où l'administration distribuait les convalescents par groupes de quatre sur des bancs verts avec des pieds de fonte, devant les allées lisses comme des ruisseaux figés qui reflétaient l'ombre des pivoines. Un vieillard fou, mais ponctuel, venait tous les jours, à deux heures, offrir des roses à l'infirmière-major, et lui réclamer, avec des gestes polis, la succession de son frère mort depuis quinze ans. Deux joyeux en pyjama gris, la ceinture large et le québroc cassé, jouaient des belottes silencieuses, accroupis derrière un massif ; leurs ombres longues cuisaient sur le sable, avec une netteté apprise en Afrique, pareilles à de longs poissons bleus ; ils avaient des gestes d'escamoteurs pour rentrer les sous dans leur képi ; ils parlaient bas, comme au coin des rues nocturnes, ils roulaient des cigarettes épaisses qu'ils allumaient avec un briquet bizarre, fait d'un morceau de verre, d'un bout de chaussette brûlée et d'une boîte de Gibbs. La statue d'un grand homme en bronze vert, dont le nom doit se trouver dans les dictionnaires savants, enseignait aux fleurs dans l'air bourdonnant le respect des princes de la diagnose.

On m'a montré ta chambre vernie, le lit étroit de ton martyre et de ta constance. Alors je t'ai vu passer dans l'air chaud, vieux Paul, sur les jardins de l'hôpital, comme autrefois, dans l'avenue de la Gare, avec tes galons de caporal, les épaules carrées dans la capotte, tes deux musettes, cette pipe de bruyère goudronnée que je fume en souvenir de toi, et cette face déjà pâle, cette bouche qui ne s'est jamais plainte : « Ça va? — Ça va. — Ça ne va pas? — Ça va. — Ça ne va pas du tout? — Ça va quand même. » Oui, comme alors, quand tu venais pour les permissions dans la montagne, et notre amitié se mesure aux kilomètres que nous avons parcourus sur les routes, toujours contents. Qu'il y avait d'espoir, sur ces routes, et de tournants, et de grands signes, et d'appels, et de voix qui passaient. Quand c'était vraiment trop beau, vieux Paul, alors, tout secoué d'un lyrisme, tu plantais rudement ton bâton dans l'herbe épaisse, tu rigolais jusqu'aux oreilles et tu récitais ce Froissart dont l'étoffe te semblait riche et la sève nourrissante : « Et les blés étoient drus au royaume de France... »

Quand tu avais fini d'apostropher les montagnes en vieux langage, tu te retournais vers moi, les dents serrés sur ta pipe courte, la bouche tordue d'un rire intérieur comme pour t'amuser d'une bonne blague, et les champs, qui t'avaient compris, rigolaient aussi dans la vallée avec la jovialité du moyen-âge... Ah ! vieux Paul, que tu sois maintenant dans cette boîte, en uniforme de gala, dans l'argile fade, avec des yeux qui n'y voient plus...

Souviens-toi seulement du vieux Collège, du genévrier, du Blaise Pascal qui médite sur des marronniers bons enfants, de la pelouse et la porte dans la lumière du réverbère, avec ses mollets Louis XIV et ce gros livre qu'il n'aura jamais lu.

Souviens-toi des jeudis obscurs dans ce magasin plein de merveilles où nous nous inventions des bonheurs, Il y avait des tigres en verre rouge, des éléphants verts, des chats bleus, des poissons en terre cuite et les images d'Epinal. Ton frère n'était pas encore Docteur des Universités irlandaises, Angeli n'exposait pas encore à Paris, mais nous, déjà, comme Blaise Pascal, nous portions des culottes courtes et nous apprenions la géométrie.

Dans le dépôt qui sentait le café, nous jouions aux cartes sur un tonneau d'épices comme sur un bateau-corsaire ; nous fumions témérairement des pipes en terre ; le jour qui tombait du hublot découpait dans le clair-obscur un grand polyèdre glauque ; sur les caisses blanches, les renseignements en diagonales étaient inscrits en anglais.

Souviens-toi du prunier de Jean le Lièvre, à Saint-Ferréol-des-Côtes, des grands feux que nous avons faits dans les roches, de l'incendie que nous avions allumé sur la colline ; souviens-toi de Chicago sur la tente, et de ce coq que nous avions mangé avec Pierre, dans un buron de la montagne, nus, dans le foin jusqu'aux aisselles à cause de nos habits trempés, de ce coq que nous nous lancions comme une balle et dont nous faisions craquer les cuisses sous nos dents pour le punir de ses activités gauloises — Jamais plus nous ne boirons si jeunes — ; et de l'amitié qu'il y eut en ce temps, et de ces emportements lyriques qui nous faisaient hurler à pleine gueule dans les nuages du plateau, des chansons qui disaient nos seize ans, la Chanson du Luxembourg, *la* Chanson du jeune homme frivole, *la chanson de la* Lettre d'amour, *et celles que nous faisait ton frère, et celles que nous composions. Le grand Tonin, saisi d'une fureur sacrée, démolissait, à trente mètres, à coups de cailloux, un hangar de briques irresponsable mais provocant.*

Vieux Paul, ne redescendras-tu jamais, un jour de vacances, avec ton grand chapeau, tes bas de laine et ton bâton de genevrier ?

C'est ta pipe que je fume, ta montre qui me dit l'heure, l'heure terrestre que tu ne connais plus...

Vieux Paul, je veux te revoir, un jeudi, au moment où la première étoile s'allume, s'il existe, dans les domaines surnaturels où ton ombre rôde, une auberge de campagne au bord d'une route kilométrée, en marge d'une prairie verte devant un bois de sapins noirs. Une auberge qui sente le savon de Marseille et le pain bis, une table avec la toile cirée ornée du portrait des rois de France, un accordéon convaincu qui joue les airs à la mode, et des garçons qui dansent dans la joie de leur sang, en faisant craquer les planches... Quitte la chopine entamée, elle attendra sur le cerisier rouge, avance-toi jusqu'à la porte pour que je te voie tout de suite, tends-moi la main comme autrefois, avec tes bons yeux qui rigolent, et dis-moi de ce ton tranquille que tu n'abandonnas jamais : « Pour lors, étoient les blés si drus dans le bon royaume de France... » Je paierai la chopine, vieux Paul, et nous en reparlerons de cette terre, puisqu'il est marqué dans l'Ecriture qu'on doit se revoir quelque jour.

BATTLING LE TÉNÉBREUX

Il me suffit de fermer les yeux pour entendre encore ronronner les becs de gaz de la petite étude, voir les murs verts et les grandes cartes géographiques, le Bassin Parisien avec ses auréoles, le Tonkin violet, l'Annam rose, et trente têtes penchées patiemment sur des cahiers. C'est là que nous vivions nos seize ans. Nos yeux graves démentaient notre mauvais sourire ; nous avions des tabliers noirs, des doigts tachés d'encre et des signatures indécises ornées de paraphes copiés. Les vieux pupitres, invraisemblablement ravinés de formules, de dates et de devises, proposaient à la mémoire des patronymes fameux. C'est là que la génération précédente avait sculpté ses noms au couteau avant d'aller mourir à la guerre. Maintenant les pupitres avilis cachaient des photographies de femmes, découpées dans des magazines, des collections de timbres et des croûtons de pain, les déchets d'un âge inutile. Une République au profil grec regardait dans le vide avec des yeux de plâtre, horizontalement, plus loin que nous.

J'étais placé tout au fond de l'étude, dans un coin réservé aux anciens, entre Manuel Feracci, de Mathématiques élémentaires, et Fernand Larache, dit Battling, de première D. De là, nous embrassions l'ensemble de la salle où les têtes émergeaient en noir entre les anses blanches des oreilles ; tout au bout, dans la vapeur de la neige qui fondait autour du poêle, le buste du répétiteur, rapetissé par la perspective, flottait au-dessus de la chaire comme une vision mystique dans un porte-plume de Lourdes.

Je n'ai jamais su pourquoi nous l'appelions Rétine ; son vrai nom était Baladier. On ne savait d'où il était venu, ni quels faits avaient pu marquer son passé ; on ne se le demandait pas ; il jouissait de l'existence indubitable mais abstraite des vérités mathématiques ; on admettait qu'il eût toujours été là. Je l'avais connu plus fringant : quand j'étais encore en sixième, il affectait une certaine élégance de vignette scolaire, il avait des moustaches en croc, la démarche ferme, et des complets sans époque, parfaits jusqu'à l'impersonnalité, l'uniforme anonyme des messieurs vertueux dans le livre de morale. Mais, depuis, il s'était négligé, usé par la sous-préfecture ; il avait laissé pousser sa barbe et portait, en toute saison, comme les pêcheurs du département, un veston de chasse, avec des poches dans le dos et des boutons de métal ornés de têtes de griffons en relief, venu de la Manufacture d'Armes de Saint-Etienne. Il allait acheter tous les deux jours son paquet de gris chez Mme Vachette, la buraliste, avec laquelle il avait commencé par échanger quelques commentaires de courtoisie sur la nécessité générale de la pluie, ses opportunités particulières, et la certaine proportion pour laquelle la richesse entre, après tout, dans la constitution du bonheur. Il s'était habitué petit à petit à la chaleur malsaine du poêle, à l'odeur du tabac frais, au jour sombre de la pièce ; il y était revenu pour terminer sa promenade. L'habitude était devenue enfin une nécessité. Il avait découvert là, entre le rayon des ninas âcres et celui des picaduros mafflus, le véritable climat de son âme. Il aimait la couleur locale des vignettes bariolées où des toréadors avantageux exhibent des favoris bleus sous une toque en fourrure, les banderoles luxueuses ornées de noms espagnols, les pipes vides, mélancoliques, les fume-cigarettes d'ambre jaune, les bonbons-surprise, et les petits bijoux à trois francs dont l'alliage s'oxydait dans l'éventaire à moitié vide. Mme Vachette, flattée par les visites d'un client aussi cultivé, disait de lui : « C'est un cerveau ». On leur prêtait des relations répréhensibles. Elle lisait à journée faite des romans semi-littéraires qui l'aidaient à se réinventer selon ses goûts, ornait son corsage douteux de rubans vifs et projetait sur les questions amoureuses la lumière définitive de ses aphorismes rose-pastel. Quelquefois M. Ravière, le quincaillier, venait aussi, et, d'un seul coup, lâchait tous ses proverbes en sortant son porte-monnaie. La conversation prenait alors quelque chose de joufflu, de confortable, et, dans la chaleur du poêle, la vie valait d'être vécue. L'existence acquérait une épaisseur particulière ; l'amitié, la conversation, la belle humeur, le zouave du Job lui donnaient une saveur nourrissante. M. Baladier réfutait un argument sentimental par une citation latine ou plaisantait Mme Vachette sur ce qu'il appelait sa subconscience romanesque et ses refoulements freudiens ; laissait-elle une porte ouverte, il lui reprochait des lubricités sournoises et des complexes inquiétants. Elle éclatait alors d'un rire de femme qu'on chatouille auquel se superposait un petit gloussement étudié qu'elle trouvait tout à fait bon genre et disait en prenant une voix distinguée : « Vous êtes adorablement espiègle », car c'est ainsi que parlait Gina de Valmombreuse dans le roman qu'elle lisait.

Mme Vachette, influencée par des lectures regrettables, définissait mal Baladier.

Baladier n'avait rien d'un adorable espiègle. C'était un chef taciturne et mou, un être banal et puissant qui présidait à la fermentation de nos adolescences comme un épouvantail champêtre à la germination du blé. Quand il ouvrait son parapluie sur le pas de la porte en levant vers le ciel un nez furtif, il apparaissait véritablement comme un symbole décourageant de la médiocrité terrestre et ce seul geste autorisait tous les désespoirs. En face de cet homme sans fantaisie qui niait l'imagination par sa seule présence, nous dissimulions nos âmes encombrantes sous des sourires sans sincérité. Nous étions pour la plupart fort occupés à nous jouer par devant nous-mêmes un rôle d'hommes faits qui n'eût provoqué chez

Rétine qu'une incompréhension bien franche plus vexante qu'une ironie. D'ailleurs, n'étant pas complètement dupes de notre propre comédie, nous avions une conscience inquiète qui nous rendait sournois et méchants. Mais qui nous eût tendu la main dans notre misère orgueilleuse ? Nos maîtres ? Supposition ridicule : les adolescents ne peuvent pas compter sur les adultes. Les adultes arrondis par le temps, les adultes aux âmes vulgaires et à la logique impeccable, ont peur de tant de richesse et de scorie. Nos regards exigeants leur inspiraient de la gêne ; nos bouches menteuses, du dégoût. Orgueilleux et vils à la fois, c'est en les méprisant que nous les prenions pour modèles.

Clair-de-Lune, le concierge, — mélancolique importation du chef-lieu industriel — qui vendait du chocolat Menier aux récréations et sonnait la cloche pour diviser le temps, passa par la porte entr'ouverte son ventre gaîné d'un tablier bleu :

— On demande Feracci chez Monsieur le Principal.

Feracci prit l'expression dédaigneuse de circonstance à partir du « premier bachot », posa sa plume, rejeta en arrière de longs cheveux noirs qui découvrirent un front noble, et se leva avec une lenteur voulue. Il tâcha d'avoir en sortant de l'étude un air complètement excédé.

— Travaillons, déclara Rétine ; et les têtes revinrent sur les cahiers.

Sur le palier, devant la porte du principal,

un araucaria présidait dans une odeur d'encaustique. Un bébé barbouillé de confiture se cacha derrière le porte parapluie. Une voix sèche cria : « Entrez ».

La lumière faisait briller des vitrines où s'alignaient des papillons morts, des pierres mauves et de vieux livres. Au milieu, derrière un bureau jaune, le principal se tenait assis, le buste renversé en arrière sur le dossier d'un fauteuil rond ; son nez busqué soutenait un grand front chauve comme un contrefort soutient une voûte ; il avait des moustaches blondes, une jaquette noire, un col cassé qui laissait nue la pomme d'Adam, très mobile, et des manchettes en celluloïd qu'il faisait remonter de temps en temps. Le surveillant général notait des chiffres sur un gros livre, dans un coin de la pièce ; il releva un instant les yeux sans bouger la tête, puis il finit d'écrire un nombre, posa sa plume et se carra sur sa chaise pour participer par son attitude à l'entrevue. Il avait de longs souliers jaunes qui brillaient comme le plancher, avec un bout très dur, et des plis transversaux entre le bout et la tige. Sa moustache posait deux virgules brique sous ses joues pourpres, et ses sourcils avaient l'air de deux grosses chenilles rousses au repos.

Quelque chose de solennel s'introduisait dans la pièce à la faveur du silence, une atmosphère de tribunal.

— Je vais être jugé, pensa Manuel en voyant le geste du surveillant, jugé au nom des papillons morts, des cailloux mauves et des vieux livres, au nom du porte-parapluie en fonte émaillée, du bébé barbouillé de confiture et de l'araucaria domestiqué.

Le principal laissait agir le silence. Il avait reculé un peu plus son fauteuil, croisé les jambes et passé le pouce gauche dans l'entournure de son gilet ; les sourcils levés très haut, la tête penchée en arrière et inclinée sur le côté, il regardait sa main droite avec laquelle il tenait son lorgnon et tapotait sur le bord du bureau.

Manuel commençait à se raidir, énervé, prêt à l'insolence. Il n'aimait pas le principal parce qu'il avait de grands bras maigres avec lesquels il télégraphiait en parlant et parce qu'il détachait les *e* muets en faisant sonner la dernière syllabe de ses mots. Il voulut conjurer la solennité que son supérieur préparait par le silence :

— Vous m'avez fait appeler, Monsieur.

(Feracci ne disait jamais : « Monsieur le

Principal », comme les autres élèves et la plupart des maîtres, pour ne pas contracter, disait-il, « les mœurs de la tribu ».) Le principal bougea à peine ; il arrêta le mouvement du lorgnon, haussa un peu plus les sourcils et tourna les yeux vers le surveillant général. Le surveillant général hocha la tête automatiquement avec un sourire amer. Puis il arrêta son mouvement de pendule et on n'entendit plus rien dans la salle. Alors, le principal ramena la tête dans la direction de Manuel, baissa enfin les yeux sur lui et plissa fortement les narines ; on vit que sa moustache naissait très haut dans le nez.

— Vous sentez le tabac, Feracci. Vous avez fumé?

Il parlait sans passion, comme un homme qui constate.

— Oui, Monsieur.

Manuel avait passé la récréation de quatre heures « chez Aristide », à faire un billard avec Damour.

— Et vous avez le front de venir me dire en face...

— Vous m'interrogez ; je ne mens pas, coupa Manuel.

Il s'était senti tout d'un coup une sorte de

rage froide provoquée par la mise en scène du principal, un besoin d'être insolent, de se faire mal voir. Il aurait voulu une « engueulade » nette et catégorique ; il sentait au contraire que le principal préparait lentement des phrases parfaites, jouait un rôle sans difficulté comme sans mérite pour se plaire à lui-même et à l'idiot écarlate qui prenait modèle dans son coin.

— Vraiment ! fit le principal un peu interloqué en ramenant la tête en avant. Mon petit ami, il y a deux sortes de sincérités : la franchise et le cynisme. Savez-vous dans quelle catégorie je range la vôtre?

Il avait ouvert largement les bras sur l'affirmation générale, levé l'index sur le cynisme et la franchise, et posé la question lentement, avec un hochement de tête, en prenant l'expression de la curiosité la plus vive. Manuel contint son énervement pour répondre d'un ton intentionnellement excédé :

— C'est une question sans intérêt, Monsieur.

Jamais élève ne s'était permis pareille insolence. Mais pourquoi le poussait-on à bout? A la fin il en avait assez ; qu'on le renvoyât, qu'on lui infligeât toutes les hontes scolaires, mais il ne voulait pas faire le jeu de ce phraseur prétentieux, se donner l'air de ne pas sentir le ridicule de la disproportion de cette mise en scène avec le motif de l'accusation.

Le principal affecta d'ailleurs une recrudescence de calme. Le surveillant eut pour Manuel un regard de reproche qui voulait dire : « A quoi bon aggraver votre cas? » Le principal haussa les sourcils comme précédemment pour regarder le surveillant. Le surveillant hocha de nouveau la tête avec le même sourire amer, et le principal se retourna vers le coupable.

— C'est une question qui aura de l'intérêt samedi soir à quatre heures. Nous disions donc que vous ne mentez pas ; et vous allez nous expliquer, Monsieur Feracci, avec cette belle franchise qui vous caractérise, vous allez nous expliquer, dis-je, d'une façon nette, ce que vous faisiez cette nuit à deux heures et quart, si je ne me trompe, dans les rues de la vieille ville, au lieu de dormir tranquillement dans la maison de Monsieur votre père, comme tous les garçons sérieux.

Manuel tressaillit. Il n'était pas préparé à une question pareille. Qui donc avait pu l'apercevoir? Il répondit au bout d'un instant :

— C'est une question qui ne regarde que mon père.

— Et sans doute, avec votre belle franchise, avez-vous prévenu Monsieur votre père de vos fantaisies nocturnes?

Manuel sacrifia au besoin de crâner :

— Mon père ne s'occupe pas de bagatelles. Il a une foule d'affaires importantes qui le réclament. Je ne lui parle de mes sorties nocturnes que quand j'ai besoin d'argent.

Mais le principal n'était pas si bête. Il avait vu M. Feracci, l'antiquaire de la rue Magenta, dans le courant de l'après-mdi, et s'était renseigné discrètement.

— C'est tout naturel, répondit-il. D'ailleurs, M. Feracci ne serait pas le premier père à se tromper sur son fils. Et maintenant, qu'est-ce que ceci?

Il avait sorti de son buvard une aquarelle assez tragique exécutée dans le genre de Gross ; on y voyait un Baladier définitivement gâteux affaissé dans un fauteuil rose ; avec les douze poches de sa veste et ses boutons à tête de chien, il semblait personnifier le concept Médiocre sur un mode lourdement badin ; cette impression de frivolité pesante était accrue par un sac de fleurs qu'il tenait entre ses jambes et par une marguerite assez lamentable qu'il effeuillait en soufflant dessus comme la dame de la librairie Larousse ; Madame Vachette, complètement nue, trônait à un comptoir surchargé d'ébénisteries prétentieuses ; des détails cruellement choisis, la déformation du corset, les zébrures des baleines, des couperoses soulignées, un ruban vif autour du cou, faisaient de son corps un nu absolument obscène, avachi, miteux et repoussant. En haut, à plat ventre sur un nuage, un petit Amour jouait du trombone avec componction. Le tout, rehaussé de mauve pâle, de vert acide, et de rose glande, s'intitulait « *Marivaudage* » et se trouvait signé des initiales de Feracci. Il avait réussi à mettre là-dedans tous les dégoûts de notre jeunesse exigeante.

— C'est une caricature que j'ai faite.

— C'est même, si je ne me trompe, la caricature de M. Baladier, dit le principal. Et je ne vous en fais pas mon compliment. Une caricature avec laquelle vous prétendez donner cours à une fable obscène? une caricature stupide. Vous en êtes fier, n'est-ce pas,

Feracci? Et voilà, ajouta-t-il violemment, voilà ce que je ne saurais souffrir! Que vous vous permettiez, vous, Feracci, moitié de bachelier, encore mal sec derrière les oreilles, de ridiculiser bassement l'un de vos maîtres, un répétiteur qui se montre bon pour vous jusqu'à la faiblesse, de bafouer lâchement un homme qui a conquis à la force du poignet des diplômes auxquels, en prenant ce chemin, vous n'arriverez jamais, petit imbécile, avec vos airs de dédain déplacés; un honnête homme qui exerce dignement une profession vénérable entre toutes, celle de l'éducateur, et qui, s'il peut vous faire l'effet d'un être usé, ne doit sa fatigue qu'au travail, à la lassitude de former des gamins ingrats. Ridiculisé par un gosse ! un morveux !

Il répéta plusieurs fois le mot pour bien humilier Manuel.

— Parfaitement, Feracci, un morveux ! Votre orgueil proteste ? Un homme digne de ce nom n'aurait pas eu la bassesse de se livrer au geste que vous avez commis. Si encore vous pouviez vous réclamer de l'art ! Mais vous m'avez l'air d'avoir sur l'art des conceptions aussi saugrenues que votre conduite: vous méprisez le beau pour la pornographie;

j'ai constaté dans votre pupitre la présence d'une demi-douzaine de revues stupides consacrées à l'esthétique de trois ou quatre voyous révolutionnaires venus d'outre-Rhin pour annihiler en France le sens du noble et du beau. Vous ne vous étonnerez pas de leur disparition ; je les confisque. Ah ! au nom de l'Art, du vrai, on peut bien des choses ; mais je vous défends d'en parler, pétroleur : vous le souillez. L'art, c'est l'élévation de l'âme, de l'esprit et des sentiments ; ce n'est pas la grossière transcription des instincts les plus bas de l'âme, la provocation au rire le plus vil, à la débauche, à la révolution. Appellerez-vous artistiques ces sales ébauches de peintres stériles qui, incapables de parler aux nobles régions du cœur humain, s'adressent à ce que l'instinct dévié d'un public bolcheviste a de plus ignoble et de plus haineux ? Ces images obscènes et morbides ? La caricature n'est pas de l'art, c'est de l'anarchie. Avant de jouer les artistes, gamin, apprenez à connaître la vie, et méritez d'abord vos diplômes. Mais vous n'en prenez guère le chemin. Que ferez-vous dans l'existence sans votre baccalauréat ? J'en ai connu, de ces créatures lamentables, de ces larves inquiètes, qui passaient leur temps de collège à fumer aux cabinets et à bafouer leurs maîtres ; ils étaient trois dans ma section : le premier, après avoir fait faillite, s'est fait sauter la cervelle ; le second plante ses choux misérablement faute de pouvoir accéder aux carrières administratives ; le troisième est devenu antimilitariste; c'est une pente ; cette pente, vous la prenez. On remarque chez vous depuis quelque temps, Feracci, une tendance à vouloir jouer l'homme fait, à trancher de l'indépendant, de l'esprit supérieur, et à donner le pire exemple à vos camarades sur lesquels votre influence me surprend. On vous rencontre dans les couloirs, les mains dans les poches, vous promenant avec la nonchalance d'un chef de bureau désœuvré ; vous parlez à vos maîtres sur un ton de négligence impolie ; on vous découvre fumant, jouant aux cartes, dans des cafés, des estaminets louches où je rougirais, moi, homme de quarante ans, de pénétrer. Ne niez pas ; monsieur le juge suppléant vous y a vu. Tout cela va cesser, mon garçon, prenez-en note ; vos petits airs de supériorité insolente ne sont pas de mise ici. Samedi soir, Feracci, à quatre heures vingt, dans ce bureau, vous viendrez comparaître devant le Conseil de

Discipline pour répondre de votre sortie nocturne et de votre tenue en ville, de votre lâche insolence envers Monsieur Baladier et de votre attitude à mon égard. Monsieur votre père sera avisé ce soir même ; en attendant, — notez, s'il vous plaît, Monsieur Trottier — vous pouvez vous considérer comme consigné pour dimanche, sans préjudice de ce qui suivra. Allez.

Peut-être eût-il fallu peu de chose pour que, dans son indignation, le principal apparût à Manuel presque sympathique : un tour un peu moins prudhommesque, une stylisation moins arbitrairement pédagogique de son blâme. Mais ces âneries au sujet de la caricature qui n'est pas de l'art !... Le prenait-on pour un enfant ? Voulait-on le tromper pour le faire tenir sage ? Pourquoi ces mensonges inutiles des adultes ? Et ces histoires de gens qui, s'enlisant de plus en plus dans la honte, tombent du suicide dans la culture des choux pour finir par l'antimilitarisme ! Enfin Rétine méritait-il tant d'éloquence ? Son insignifiance, aux yeux de Manuel, était vraiment trop écœurante. Et ces diplômes..., ces diplômes indispensables sans lesquels la famille Feracci vivait si bien, mais qui revenaient à chaque instant dans les discours du principal pour remplacer des personnalités absentes. On est trop exigeant à dix-sept ans ; on a lu trop de livres ; on mesure dédaigneusement ses maîtres à l'échelle de ses écrivains préférés. Manuel rentra donc en étude avec une affectation de soulagement méprisante :

— Ce qu'il m'a rasé, déclara-t-il en bâillant.

Les maîtres, les maîtres imprudents qui apprennent à lire à leurs élèves, ne savent pas le tort qu'ils se font.

Dans le *Querschnitt*, le *Crapouillot* et quelques autres magazines bien illustrés de tendances internationales, on pouvait voir le portrait d'Erna Schnorr, ses lignes nettes, son front bombé, ses lèvres épaisses et ses yeux pâles qui autorisaient à inventer toutes les Scandinavies. On la sentait faite pour habiter des plages nordiques ou des maisons rouges bien astiquées, perdues dans des plaines de neige. Elle avait sur un corps de nageuse une tête étrange et géniale de femme laide ; mais c'était quelque chose de si bien lavé, de si uni, de si frais, de si ferme et de si lisse qu'on ne la désirait pas autrement. Entre la photo d'une équipe d'Oxford et celle de trois écrivains sexagénaires à genoux sur une plage fréquentée, on avait pu voir son chien-loup assis sur un banc du Tiergarten ;

on avait pu la voir elle-même, sur la même page qu'un professeur de jiu-jitsu, travaillant un championnat de natation ; elle s'était révélée aussi en blouse blanche, entre un fétiche nègre et un voilier, pareille à une petite infirmière modeste, dans son atelier de Charlottenbourg. Elle avait eu avec Max Schelling, son premier marchand de tableaux, un procès à propos duquel sa caricature avait paru dans les journaux littéraires ; bref elle avait défrayé un temps l'information. Elle venait de parvenir, sinon à la popularité, du moins à l'admiration de l'élite professionnelle et à la considération de la critique. Elle peignait un peu dans le genre tôle découpée, ce qui ne l'eût pas distinguée de bien d'autres, mais avec une spontanéité dans l'artificiel qui faisait de ses toiles des choses uniques : une limite périlleuse de l'art, un prodige d'équilibre entre le réel et l'impossible. L'élégance de son dessin et l'étrangeté de ses éclairages surprenaient comme un conte norvégien ; ses visions semblaient venir d'un autre monde ; elle s'était inventé une planète et l'exploitait pour son plaisir. Cette spontanéité enfantine avait séduit un vieux crocodile du commerce, suivi de quelques amateurs, puis la critique avait été conquise. Philipp Carton, chef de l'école souabe, avait renié en son honneur le groupe intellectualiste pour fonder celui du « Miracle Pur » ; Schuhmacher, l'expressionniste, avait cessé de peindre des mains coupées neigeant sur des as de trèfle ; Hartmann le cadet, brûlant ses idoles, avait déclaré dans une interview restée célèbre au Roemer Kaffee qu'il pouvait y avoir prétexte à peinture dans l'épisode aussi bien que dans une pipe impeccablement blanche posée sur équerre irréfutablement bleue, à certaines conditions toutefois qui amenèrent à la définition raisonnée de l'épisodisme pictural, d'où naquirent les deux écoles de l'Episodisme Transcendental et de la Sécession Episodique. Les spécialistes éloquents de la peinture parlée discutèrent du constructivisme idéaliste, du psychisme pur, des états plastiques et des vertiges chromatiques de l'interstellarisme anecdotique dans les abreuvoirs les plus fringants. Ce furent de grands jours pour la Couleur. Erna cependant, sans s'inquiéter des substantifs plus ou moins exhaustifs mis en circulation par sa peinture, avait poursuivi son travail. Sa toile des *Enfants du Zodiaque* s'était vendue trente mille marks ; on y voyait au seuil d'une maison misérable deux enfants nus jouant dans la poussière avec un chat, sous un ciel traversé par une voie lactée semblable à un fleuve où les Poissons voguaient brillamment comme des gondoles parallèles. Elle avait fait dans le domaine de la couleur, pour les images de la mythologie et de l'histoire naturelle, ce que Jammes avait réussi pour les vieux magazines dans le domaine de la poésie ; elle avait réalisé le rêve même que l'enfance bâtit en regardant des livres scolaires. Sa réussite, étroite peut-être, mais admirable, autorisait les espoirs des marchands.

C'était environ vers cette époque de sa carrière qu'elle avait débarqué un soir d'été dans notre petite ville pour recueillir l'héritage d'une arrière-grand'tante maternelle, car elle était fille d'une Française dont la famille avait habité autrefois notre pays. Le grand étang qui s'étendait derrière la maison des Contade, cousins et correspondants de Battling, l'avait séduite en vertu de je ne sais quel charme secret qui lui rendait ses eaux particulièrement chères, un souvenir d'enfance peut-être; elle disait souvent, paraît-il : « Toute poésie vient des eaux. » Celles-là, qui, pour être belles, n'en étaient pas moins assez banales, surent-elles toucher dans son âme une fibre cachée ? Quelque autre raison joua-t-elle ? Pour ma part, je n'en ai point connu. Le caprice ? le désir d'une expérience ? Il faut accepter les événements comme ils viennent et les artistes comme ils sont. Les grand'routes étaient si belles, il y avait tant d'espoir dans leurs tournants hardis, tant de mystère et de promesse ; on s'attendait à chaque instant à rencontrer quelque figure allégorique, — l'Amour, le Sport, la Vérité — non point dans un péplum antique, avec des attributs plein les mains, mais superbes, nus, farouches, et tels qu'en ces provinces on peut les voir courant les bois. N'eût-ce été que la Sécurité, la Mesure... A la rigueur on se serait contenté de la Nostalgie.

Erna Schnorr, l' « épisodiste transcendentale », s'était-elle laissé prendre à leur charme exotique ? En avait-elle heurté quelqu'une à la nuit tombante, en se promenant au bord de l'étang ? L'Harmonie, moins coûteuse qu'à Postdam, la Nostalgie, moins affamée qu'à Nordorney, la Vérité, plus éloquente que dans le *Berliner Tageblatt*, l'avaient peut-être prise au piège. En tout cas, elle était restée. Elle avait loué un appartement chez les Contade ; elle s'y était installée avec sa malle et ses tubes de couleurs ; elle y vivait de salades de légumes et semblait ne point vouloir partir. La petite ville se répandait en hypothèses et en suppositions hardies.

On y disait le plus grand mal de l'étrangère. Contrairement à ce qu'on aurait pu croire, Erna Schnorr en avait souffert beaucoup, car, blasée sur les compliments, l'admiration et la société des raffinés et des excentriques, elle semblait n'attacher de prix qu'à la vie bourgeoise, aux petites choses, aux petites gens, à la considération des fonctionnaires modestes, à l'amitié des marchands au détail ; elle rêvait de la vie banale comme une téléphoniste de sous-préfecture rêve de devenir étoile de cinéma. L'existence bourgeoise lui apparaissait comme une sorte d'idéal impossible, extrêmement extravagant et désirable, réservé à un petit nombre d'élus difficiles qui méprisent les célébrités. Elle aurait voulu pouvoir de temps en temps broder des coussins avec Madame Rambert, la femme du receveur des postes, sous la suspension du gaz, tandis qu'une odeur de soupe aux poireaux s'échappe par la porte de la cuisine. Pauvre Erna ! Malgré la laideur qu'on lui reconnaissait généreusement, elle représentait dans cette ville un élément si rare et partant si précieux que les mères redoutaient son contact pour leurs grands fils. Les bourgeois semi-cultivés de l'endroit traitaient d'ailleurs couramment de croûtes avec un petit sourire de supériorité des toiles que Cassierer s'assurait d'avance, et les admiratrices de Madame Rivière, la muse départementale, s'entretenaient à son sujet dans un état d'hilarité presque sincère. Le jour où Manuel osa déclarer à sa mère : « Mais elle fait des choses remarquables, Mademoiselle Schnorr ! », Madame Feracci constata d'un ton pincé qu'il y avait des femmes bien intrigantes et qui savaient bien prendre les jeunes gens, que les artistes étaient des gaspilleuses, des bohémiennes et des ménagères pitoyables, qu'elles mettent des manteaux de six mille francs et se nourrissent de pommes de terre en salade, que les garçons sont des nigauds qui se laissent prendre aux belles manières, que les belles manières sont trompeuses et ne font pas les bonnes maisons, que son beau-frère, le rédacteur à la Préfecture de la Seine, avait connu une de ces « actrices » qui était une ancienne laveuse de vaisselle, et qu'elle voyait bien que Manuel n'avait pas d'affection pour ses parents.

Après avoir mis Erna Schnorr en quarantaine, on lui faisait grief d'un isolement qu'on déclarait orgueilleux ; car, si sa qualité d'étrangère lui avait valu dans les premiers temps quelques amitiés enthousiastes à base de curiosité, ces sympathies s'étaient vite transformées en rancunes impitoyables dès qu'on s'était aperçu qu'il n'y avait pas de mystère à percer dans son existence ou qu'elle ne tenait pas à se laisser contrôler. L'atmosphère d'espionnage vigilant que ces dames entretenaient entre elles sous le prétexte de l'amitié les préservaient généralement des faux-pas qui eussent alimenté plus agréablement leurs conversations ordinaires. Elles n'auraient donc pas été fâchées de voir l' « actrice » tomber dans les rets d'un des soupirants lubriques qu'on lui prêtait charitablement, le juge suppléant, par exemple, ou tel autre dont les activités amoureuses eussent un caractère de vraisemblance pittoresque. Or il y avait déjà près d'un an qu'Erna Schnorr était arrivée dans notre ville quand elle fit une assez grave maladie ; superstitieuse, elle ne voulut consulter que son médecin d'Allemagne ; elle refusa donc les soins du docteur Barbaragne, ce qui sembla hautement suspect à ces dames, et partit, à peine remise, pour Berlin, où la société de Madame Rivière déclara qu'elle allait secrètement accoucher.

Erna se demanda pourquoi tout le monde, au moment de sa maladie, lui avait fait tant de visites ; elle se reprocha d'avoir mal jugé la sincérité de ses anciennes amies ; il avait suffi du malheur pour retrouver leurs sympathies ; elle s'en voulut de la dureté de son cœur, mais n'arriva jamais à comprendre pourquoi tout le monde la félicitait de son embonpoint alors qu'elle avait perdu plusieurs kilos ; c'était un effet naturel de la suggestion entretenue par les mardis de Madame Rivière. Manuel, qui avait trouvé Erna plutôt maigrie un jour qu'elle passait sur la place du Marché, s'attira cette remarque désespérée de sa mère : « Je vois bien que tu es incurable, mon pauvre enfant. » Et Madame Feracci s'épancha le soir même dans le sein de Madame Chaussade en échange de quelques menues doléances sur les frasques du jeune Paul Chaussade qui faisait son droit à Paris. Or ceci se passait vers l'époque où l'on se préoccupait fort, aux mardis de Madame Rivière, de réunir l'unanimité des voix sur le nom d'un coupable pittoresque et où la balance hésitante, après avoir fait bonne mesure à monsieur le juge suppléant, s'apprêtait, négligeant le contrôleur des hypothèques, à pencher en faveur du lieutenant de gendarmerie. Manuel devait trancher la question ; un héros d'un âge aussi tendre semblait tout à à fait touchant. Madame Chaussade apporta d'ailleurs de la discrétion dans sa méthode ; elle se contenta de répandre le bruit que le jeune homme était un garçon assez dangereux, non point qu'elle affirmât qu'il eût fait de grosses sottises, mais qu'il semblait devoir tenir du tempérament de son oncle Seygrolles, et que chacun- — nous sommes entre nous, bien entendu, — savait pertinemment que cet oncle Seygrolles courait les cotillons des villages et « faisait des bâtards dans tous les coins », suivant la forte expression de Madame Chasles, la veuve du notaire, qui ne laissait pas son franc-parler au portemanteau. Madame Chasles, fort honnête personne d'ailleurs, mais que son tempérament jovial et sanguin portait à admirer de préférence les virilités prouvées et qui vous eût, en d'autres temps, gaillardement trompé son tabellion avec un capitaine de mousquetaires, en conçut une sorte d'estime pour ce garçon pâle et volontaire dans lequel elle avait plutôt discerné jusque-là le germe d'un anarchiste végétarien ; elle aimait les gens hauts en couleur qui pèchent hardiment avec des femmes robustes, par une sorte de spécialisation traditionnelle, en restant dans le cadre des usages reçus. Madame Chasles, sans nier toutefois les mérites de Manuel, déclara donc qu'il eût mieux fait, pour son premier combat, « d'aller trousser la Céline », une belle fille du quartier des Tanneurs qui chantait à l'*Alhambra* — et cette opinion rapportée au jeune homme par des voies anonymes devait d'ailleurs faire du chemin dans son esprit —, mais les autres dames de la ville firent la leçon à leurs filles, de sorte que Manuel et Mademoiselle Schnorr passèrent dans l'opinion de toutes ces demoiselles pour des réprouvés à tenir à l'écart : Manuel jouait le rôle du réprouvé sympathique, Erna Schnorr, la concurrence, le rôle du réprouvé hideux...

O Erna, debout sur le mur de vigne vierge, à la récréation de quatre heures, pareille, dans le ciel limpide, à la figure de proue de notre espoir...

Tandis que, comme la navette infatigable, les langues de la sous-préfecture tissaient sa légende horrifique, elle était partie pour Berlin. Il y avait alors aux environs de cette capitale, au Grunewald, pour préciser les lieux, une sorte de Docteur Miracle que la croyance populaire, les constatations scientifiques et les articles des gazettes rendaient irréfutablement responsable de la guérison soudaine de trois personnalités politiques, d'un hercule de cirque célèbre, de deux directeurs de théâtre et de quatre critiques en renom. Sa villa ressemblait à un gigantesque bonbon fondant caché dans le lierre et les roses. L'intérieur répandait une bonne odeur d'encaustique, de cigare moyen et de bourgeoisie aisée. Le Docteur Meyer-Fehr était un homme méticuleux, joyeux et doux, dont le crâne rond, passé au papier de verre, reflétait indifféremment les roses grimpantes, les arbres, les toits, les œufs posés sur les jets d'eau, et plus généralement tous les objets de la nature qui s'élevaient à plus d'un mètre soixante au-dessus du sol. Il avait une petite barbe poivre et sel, un sourire gai et des yeux tristes, une femme insignifiante et féconde, des enfants qui foisonnaient dans son jardin, une griffe de panthère du Kâfiristan à sa chaîne de montre, et une connaissance des hommes si parfaite qu'il en était au désespoir. Erna l'avait déjà consulté, sur le conseil de Hartmann le cadet auquel il avait conseillé une cure insignifiante et radicale ; elle lui avait tout de suite plu par sa simplicité parfaite et le côté enfantin de son caractère ; depuis elle était souvent revenue chez lui. Elle aimait caresser les vingt joues de ses dix enfants roses et se perdait en sortant de là dans le calcul du nombre des doigts réunis par cette famille ; en ajoutant les orteils, et la bonne, on arrivait à des totaux fantastiques ; avec le jardinier, c'était une inflation ; il fallait corriger en ajoutant un pour Erika qui avait un pouce fourchu ; Erna n'arrivait pas à comprendre que sur tant de doigts il ne s'en perdît point ; leur existence, envisagée du haut de leur nombre, apparaissait comme une chose fragile et mystérieuse qui donnait à penser pour longtemps, car, si l'addition d'Erna était juste, il fallait en compter 281, 281 doigts avides de vivre, doués chacun d'une vie personnelle, d'une volonté particulière et impatients de se réaliser : c'était une perspective exaltante. Le docteur était toujours heureux d'avoir à dîner sa chère Erna dont la conversation le changeait un instant des monotonies de Madame Meyer-Fehr, et Madame la doctoresse était heureuse que son cher mari fût heureux ; quant aux enfants, ils avaient la joie d'entendre Erna prendre Gerhart pour Siegfried, ou Karola pour Hildegarde, ce qui constitue un plaisir sans mélange dans un âge où l'idée de la contingence des prénoms n'a jamais effleuré votre esprit. Erna réalisait donc là pour un instant son rêve de vie monotone ; elle avait fini par considérer ce père infaillible et prolifique comme une sorte de divinité bienveillante qui aurait adopté la forme d'un lapin savant pour débarrasser l'existence de cette odeur d'huile fade qu'elle prend chez les peintres aux moments de grand travail.

Du plus loin que le Docteur Meyer-Fehr la vit entrer dans le jardin avec ses joues pâles et ses cernes mauves, il se précipita à sa rencontre, suivi d'un nombre incalculable de doigts et lui serra les mains avec force. Puis il congédia tous les doigts supplémentaires et l'emmena dans son cabinet de consultation.

— Chère Erna, lui dit-il, quel malheur vous amène ?

Car il parlait comme il pensait.

— Oui, oui... Non, ne me dites rien, ne vous effrayez pas ; j'ai déjà vu votre écriture sur les cartes postales. Erna, Erna, ces S ravenniens, ma pauvre petite, et ces T, ces barres de T ; et ces majuscules !... Mais il nous reste à savoir si c'est le cœur ou les poumons.

Elle lui tendit sa bague d'elle-même, car elle connaissait déjà sa méthode (cette méthode qui n'était ni bonne ni mauvaise, comme il disait à ses clients, « mais une, monsieur, mais une »); la bague glissa toute seule sur son doigt amaigri.

Il l'examina un moment.

— C'est un peu douteux, conclut-il, parce que la chair ne pressait pas assez sur la bague.

Il versa une demi-goutte d'un liquide clair, contenu dans une fiole verte, sur le métal du bijou, l'enleva du bout du doigt, goûta et déclara : « C'est bien cela, voyons s'il n'y a pas autre chose. » A l'aide d'une petite pince il lui arracha un poil du sourcil au-dessus de l'œil gauche et l'examina avec une grosse loupe, scrupuleusement.

Ensuite il s'assit de travers sur sa chaise, prit sa main droite dans sa main gauche et dévida d'une voix douce une série de noms latins.

— C'est donc le cœur ; Erna, ma chère demoiselle, vous n'êtes pas une petite fille ; c'est assez grave et il faudra des soins sérieux.

Elle était tombée dans la tristesse :

— Pour combien en ai-je, Docteur ?

— Vingt ans au pire ; soixante avec les remèdes que je vais vous indiquer.

Erna ne dit rien. Elle mit en silence l'ordonnance dans son sac à main et passa dans la salle à manger où l'on avait servi le café dans une sorte de tonneau en porcelaine fabriqué spécialement pour la famille par un industriel reconnaissant. Il y avait aussi deux montagnes de gâteaux dans des barques en faïence.

Elle était persuadée, quand elle sortit, qu'elle n'avait plus que pour six mois de vie, malgré les encouragements du docteur dont le crâne reflétait frivolement trois roses rouges sous l'arceau ripoliné du portail.

— Surtout, lui dit-il à mi-voix, ne restez pas indéfiniment près de ces eaux mortes.

Elle ne lui avait jamais parlé de l'étang...

L'ombre d'une hirondelle passa sur le crâne du docteur Miracle, et sa maison devint toute petite dans la fenêtre ovale du taxi.

Erna Schnorr nous occupait souvent à la récréation de quatre heures, car nous avions pris l'habitude, l'été de l'année précédente, de la voir apparaître un peu avant cinq heures au dessus du mur de son jardin. Depuis le début de mars où il y avait eu des jours superbes, nous avions repris nos observations sentimentales et nous regardions souvent du côté de la maison des Contade pour retrouver cette silhouette symbolique dont l'hiver nous avait privés. Elle ne se laissait revoir que rarement, mais nous nous obstinions tous les jours, avec la fidélité des prisonniers dans les chansons populaires, à fouiller l'horizon décevant auquel nous réclamions son image comme un signe précieux du destin, là-bas, du côté où, le matin, les brouillards de l'étang patrouillaient lentement, séparés en hautes colonnes, du côté où naissait l'arc-en-ciel quand il avait plu.

Tandis que le principal tenait Manuel sur la sellette, je m'étais lancé avec Battling dans une conversation passionnante au sujet de la dame de l'étang. Il pouvait la voir jeudis et dimanches, à sa fenêtre ou dans le jardin, puisqu'il passait ces journées dans la maison des Contade.

— Alors, Battling, tu as revu Erna Schnorr ?

— Ah ! dit-il, en voilà une qui s'en paye !

— Comment le sais-tu ?

— Elle ? fit-il ; mais c'est une grue finie !...

Oh ! Battling, qu'il faudrait te haïr pour ce mot ; misérable Battling qui adorais Erna Schnorr dans le secret de ton âme étrange... Il la reniait éperdument, avec une grossièreté acharnée ; son excuse était dans le mal qu'il se faisait à lui-même. Il était à un âge cruel, plein d'idées fausses et d'orgueils déplacés, l'âge des pires souffrances, celles qu'on se nie à soi-même ; il se jouait sa comédie avec un sérieux terrible, en étant le spectateur le mieux placé, un spectateur difficile, intransigeant et sans distractions ; pareil à cet enfant spartiate qui se laissait dévorer les entrailles par le renard caché sous sa tunique plutôt que de le laisser voir, il aimait mieux nier son amour, sa maladie mortelle, que d'avouer sa défaite, car, devant les adultes, on n'a pas le droit à cet âge-là d'avoir des sentiments d'homme, et, devant les camarades, cruels aux autres parce qu'ils le sont à eux-mêmes, la victoire seule sauve des railleries.

L'erreur vient au secours de l'erreur ; Battling était donc soutenu par un monde d'idées fausses. C'est ainsi qu'ayant donné de l'argent à une femme un soir d'escapade, avec un cousin venu en permission, dans quelque local à lanterne rouge qui sentait le caporal ordinaire et la savonnette à trois sous, il croyait connaître la femme et puisait dans cette illusion un mépris sincère de l'autre sexe joint à un désir irritant qui se réveillait à propos d'Erna Schnorr. Il pensait avoir acquis l'Expérience au prix de cette aventure dont il n'était pourtant fier que par moments, avec certains camarades. Car la grossièreté qu'il avait adoptée comme ton ordinaire était destinée à cacher une pudeur extrême, une de ces pudeurs de garçon telles que les fillettes les plus sages ne les connaissent peut-être pas, une pudeur qui ne s'applique pas aux choses du corps, mais à celles de l'âme. Ses secrets étaient fermés à triple tour. Il avait une âme hypertrophique et encombrante avec laquelle Dieu l'avait chargé de se débrouiller dans la vie comme il pourrait ; il la traînait comme un sac de fantassin sur la fin d'une marche, d'un pas lourd et résigné, en serrant les dents, le souffle court ; il s'imaginait pouvoir arriver à la cacher ; s'il pensait qu'on risquait de la voir, il mettait la main devant et se félicitait de sa ruse.

Toujours premier en mathématiques, il écrivait de pauvres petits devoirs de français, en enfilant des banalités ratatinées de manuel littéraire comme un chapelet de châtaignes sèches. « Comme c'est pauvre, ce devoir, Larache ! » lui disait Tourlaize, le professeur. « Vous ne pourriez pas avoir une opinion personnelle ? » Il en avait, plus que nous tous, des opinions personnelles, bien que Tourlaize ne s'en soit jamais aperçu. Mais il craignait en les exprimant de paraître naïf ou lyrique ce qui l'eût gêné plus encore que de voir l'attention de la classe attirée sur la sécheresse particulièrement inquiétante de ses inspirations littéraires. Il jugeait d'ailleurs les écrivains d'après lui-même. Un jour qu'on nous avait donné à « comparer les opinions de La Fontaine et de Victor Hugo sur l'enfance », il me dit : « Il est idiot, Tourlaize. Comment veux-tu savoir ce que Victor Hugo pensait des enfants ? — Regarde dans le bouquin les poèmes qui ont trait à eux, à Jeanne, au gamin qui est tué sur les barricades, au « cercle de famille »... Je ne sais pas ; il y en a assez ! — Naturellement, fit Battling, et puis? Qu'est-ce que ça prouve ? Tu te figures qu'ils écrivaient ce qu'ils pensaient, ces gens-là ? Ils écrivaient ça comme ça parce que c'est comme ça qu'on écrit. Qu'est-ce que tu voulais qu'ils disent ? On ne va tout de même pas mettre ce qu'on pense dans les livres qu'on écrit ! Moi aussi, je pourrais faire de belles tartines sur l'amour et la mélancolie !... — Vas-y, Battling ! Tu en boucheras un coin à Tourlaize. — Ah ! on ne fait pas ça », dit Battling. Je n'ai retrouvé cette expression de gêne, de dégoût et de pudeur scandalisée que sur la bouche des Anglais. Battling considérait toute la littérature comme l'exercice prétentieux de gens pleins d'affectations ridicules ; toute expression du sentiment lui semblait une préciosité insupportable et de mauvais goût. Rien ne le gênait aussi cruellement que d'être obligé de lire à haute voix un passage lyrique ; il ricanait, il rougissait, il n'en pouvait plus de dégoût, de honte : « Quel chiqué ! »

Et cependant, sous ce mépris général du sentiment, du lyrisme, du romanesque et des femmes, il cachait la plus grande candeur. C'était même cette totale absence de cynisme qui le rendait en apparence méfiant et grossier : un peu de cynisme — son opinion sur les écrivains n'était pas si fausse — permet plus de grâce et d'abandon. Tel quel, il se débattait comme il pouvait parmi les contradictions de l'adolescence, honteux de ses grands sentiments, et fier de ses défauts acquis, possédant d'ailleurs de naissance une sorte de génie amer et taciturne qui le portait à aimer la souffrance que l'on reçoit ou que l'on cause, et capable d'actes singuliers.

A vrai dire, depuis les dernières grandes vacances, il semblait se civiliser un peu ; il ne paraissait plus estimer d'une façon aussi provocante qu'il y a une sorte de ridicule insupportable à tenir ses ongles bien coupés ; il soignait les siens ; il peignait ses cheveux ; il avait même eu, paraît-il, deux audaces dont il ne s'était pas vanté, mais que Manuel m'avait apprises sous le sceau du secret, les tenant d'Erna Schnorr elle-même, et j'avais pu facilement reconstituer ces aventures de vacances du grand Battling, aventures dont rien n'avait transparu à la surface, remous invisibles qui travaillaient durement, sourdement le fond. malgré tout romanesque, de son âme, sans que rien s'en dévoilât jamais dans ses yeux calmes d'adolescent qui savait mentir.

C'était aux premiers jours de septembre, dans le jardin torride du cousin ; l'odeur lourde des géraniums et des soucis, les poiriers aux feuilles vernies ; les tuiles, sur le petit mur, qui se fendaient de sécheresse : il faisait chaud dans le cerveau de Battling comme dans le jardin du cousin ; des souvenirs étouffants créaient dans sa tête une vibration pareille à celle qu'on apercevait au-dessus des chaumes surchauffés. Il était venu voir Emile, son cousin, qui se trouvait en permission. Emile était caporal d'infanterie au chef-lieu où il avait préparé l'année précédente une licence d'histoire. Il émettait avec éloquence des idées qui paraissaient originales aux gens qui lisent peu ; il pastichait dans ses propos le style des versions latines ou les phrases pompeuses du XVIIe siècle avec une exubérance sympathique et une jovialité soutenue. Les lois despotiques d'une ironie, somme toute assez désolante, l'obligeaient à appuyer ses moindres affirmations de références distinguées. Il ne négligeait jamais d'annoncer :

— Comme l'a si bien dit Aristote, je vais me taper un vermouth-cassis.

Et il ajoutait en prenant son verre :

— Voir Quinte-Curce, chapitre dix.

Cette érudition cordiale lui avait fait une réputation d'homme d'esprit parmi les potaches du collège admis aux honneurs de son intimité. Sa bonne humeur lui valait dans les milieux d'étudiants bruyants et les cafés de sous-officiers des aventures assez faciles qui nourrissaient son optimisme à bon marché. La vie lui paraissait simple et belle comme la terrasse du *Café du XX*e *Siècle* à l'heure du bock au mois de juillet. C'était un garçon joyeux et vulgaire dont le silencieux Battling aimait la société parce qu'elle créait du bruit, de l'illusion, du plaisir, une sorte de vide sonore où l'on se mouvait à l'aise, sûr de soi, content de la minute, heureux de tout. Emile était parti le matin ; il ne reviendrait que dans quarante-huit heures. Battling rôdait donc dans le jardin, abandonné à sa propre société qu'il trouvait pesante, exigeante et dure, et qu'il n'aimait pas. Une bouffée de vent chaud passa sur les tomates ; il revit ce jeudi de novembre où Emile, le verbe haut et la pipe à la bouche, l'avait emmené d'autorité dans le Quartier Vieux, il sentit une vague de sang plus lourde battre ses veines, et, du fond de son désir, il vit monter comme aux récréations du collège, sur le mur couronné de vigne vierge, la forme mince et ferme d'Erna Schnorr, ses yeux gris un peu bridés, ses lèvres pâles, ce masque curieux d'étrangère qu'il s'en voulait de désirer tout en le trouvant laid ; elle lui sembla passer tout près, ironique et transparente, devant les plates-bandes de tomates ; mais ce n'était que le froissement de l'air autour des feuilles, le désir qui montait de la terre sèche, crevassée par la chaleur. Il regarda vers la fenêtre d'Erna ; il imagina dans cette ombre sa forme blanche, et il rougit ; il aurait voulu la battre, l'humilier ; il s'imaginait toujours laid, stupide et gauche, et il n'osait penser aux femmes qu'avec cette timidité méchante des gens qui ont peur qu'elles se moquent d'eux; il ne savait pas que plus d'un bellâtre lui eût envié ses dix-sept ans, ses épaules de débardeur, ses dents saines, ses cheveux drus qui cassaient les dents du peigne, et la clarté miraculeuse de ses yeux bleus quand il souriait et que ses lèvres minces se tendaient un peu méchamment sur ses grandes mâchoires, son allure souple et lourde à la fois de brute paisible qui lui avait valu le surnom de Battling. Il s'assit sous la tonnelle ; il alluma une cigarette, il prit son front dans sa main gauche et découvrit sur ses souliers blancs, qu'il avait nettoyés le matin, une grosse tache rose qu'avait dû y faire une fraise écrasée ; alors il songea au soin inutile qu'il avait pris inconsciemment de se faire beau pour l'étrangère, — maintenant il en comprenait la raison — ; cette tache de fraise gâchait sa chance, il lui sembla qu'elle gâtait toute sa vie ; il se sentit pris presque sans raison d'une grande pitié pour lui-même qui lui fit monter les larmes aux yeux.

Il se revit petit garçon dans l'estaminet paternel ; c'était une époque de son existence qui conservait pour lui du mystère : jusque vers l'âge de neuf ans, il avait vécu au chef-lieu dans l'un des faubourgs les plus désolants ; c'était au coin de deux rues glissantes : il y avait là une sorte de trou noir séparé de la rue par des vitres grasses, des calendriers du Job ou des planches de caisse qui constituaient, au dessus de quelques panneaux peints en brun, et avec l'aide d'une porte à sonnette automatique, la devanture du *Petit Panthéon.* On descendait dans l'estaminet par quatre marches de pierre usée. Le mobilier se composait de quelques tables en cerisier verni, de douze chaises mal rempaillées, d'un grand poêle en fonte autour duquel séchaient des chemises, des caleçons et des camisoles, de quelques bancs et d'un comptoir gras derrière lequel un grand borgne au ventre obèse, que Battling appelait papa, rinçait les bouteilles sans lenteur comme sans hâte et remplissait les verres adroitement sans cesser de regarder le client bien en face. Bien qu'il fût toujours en bras de chemise il avait toujours le front suant ; il l'essuyait du revers de la main gauche qu'il frottait ensuite sur son tablier. Il y avait à côté de la salle une chambre avec un édredon rouge, une horloge sous globe et un tableau qui représentait la charge des zouaves à Malakoff. Il y avait, derrière le comptoir, une cuisine exiguë toujours pleine de fumée où sa mère remuait des poêles, croisait les mains sur son ventre, soulevait un rideau rouge pour se tenir au courant des aventures de la Petite rue des Tanneurs et mettait des lunettes d'acier pour lire le journal en buvant le café après le repas de midi. Une âcre odeur de vin rouge, de torchon gras et de fumée saisissait à la gorge quand on entrait dans le *Petit Panthéon*. Battling poussait là, tout seul, en marge du commerce, dans une sorte de cour étroite, avec un autre garnement de son âge qui se moquait de sa petite figure roussotte tout en redoutant ses griffes, et qui vivait en sa compagnie, parmi les poubelles de l'immeuble, les aventures les plus exaltantes. Un jupon rouge perpétuellement occupé à sécher sur une corde entre deux greniers constituait le drapeau sordide de leur enfance banalement anormale. Le géant borgne et la dame aux lunettes le traitaient avec indifférence, comme un homme mûr ; aux repas il y avait parfois des conversations dont il était prié fermement de ne rien dire. De loin en loin, quand un voisin se plaignait trop de lui, l'obèse le chassait comme une mouche autour des trois pièces en distribuant autour de lui des coups de torchon dont les trois-quarts n'atteignaient pas le gamin parce qu'il tâchait de se maintenir du côté du mauvais œil du père Larache ; le dernier quart suffisait d'ailleurs comme ration normale. Battling avait le droit de lamper les fonds de verre, de capturer les chats infirmes et de faire naviguer dans le ruisseau les boîtes de sardines vides ; les jours de grande pluie — liesse ! — on pouvait même faire évoluer les boîtes de thon.

Il était fier de voir son nom, Larache, écrit en anglaises jaunes doublées de rouge sur la vitrine, avec un paraphe distingué. Il s'était fait dans cette ombre crasseuse, peuplée de gens trop vieux pour lui, une âme orgueilleuse, méchante, sournoise et triste, et quelquefois, dans la cour humide, quand il lui arrivait de se trouver seul à la nuit tombante et qu'aucun jeu ne l'attirait, il pleurait sans savoir pourquoi, de désœuvrement, de lassitude, jusqu'à ce qu'ayant atteint le fond du désespoir, il songeât à perfectionner quelque ingénieux système pour faire tomber la vieille locataire du troisième dans l'escalier ou voler impunément les pruneaux de l'épicerie d'en face, chapelle obscure et merveilleuse où les lampes s'allumaient le soir à la gloire des billes d'agate et des grandes morues sèches qui pendaient dans la vitrine comme des fanions. Alors la soif des entreprises le reprenait avec fureur ; la vie s'ouvrait comme une rue glissante, pleine d'ombres et de prodiges, cette rue qu'il avait vue dans un livre, pavoisée de lanternes vénitiennes sous lesquelles passaient des marchands enturbannés dont le nez en yatagan jetait une grosse virgule d'ombre sur la figure.

Tous les samedis soirs, tard, et le dimanche, on voyait venir au *Petit Panthéon* le monsieur qui avait donné ce livre à Battling. Mieux vêtu que les clients ordinaires, il était toujours rasé de frais ; ses cheveux grisonnants étaient coupés très court et il portait un melon gris. Il avait l'air aimable, sournois et sûr de lui ; on l'appelait Monsieur Charles ; bien qu'il vînt de la campagne, on ne pouvait l'imaginer en blouse, tant ses mains étaient fines et blanches ; il parlait un français correct que les habitués, suivant leur caractère, trouvaient prétentieux ou distingué ; il interrogeait souvent Battling sur ses aventures, et un mince sourire plissait sa bouche sur ses dents gâtées quand le gamin lui racontait ses pires farces, la chute de la vieille du troisième dans l'escalier ou l'histoire du chat paralytique auquel il avait crevé l'œil avec un clou et qu'on appelait maintenant Ernest, comme le père Larache. Les Larache traitaient avec respect ce client énigmatique dont le borgne parlait pourtant parfois brutalement au cours des repas (mais là-dessus Battling savait bien qu'il avait à se taire et il respectait la consigne parce que, tout en lui réservant sa confiance, il craignait aussi l'homme au melon gris).

C'était dans cette période misérable de son

existence que se plaçait le premier chagrin d'amour de Battling. Un matin, on l'avait envoyé à la campagne, dans une ferme où il avait passé trois jours ; c'était monsieur Charles qui l'avait emmené et qui vint le reprendre ; de retour au *Petit Panthéon*, Battling n'y retrouva pas sa mère ; on lui dit qu'elle était partie en voyage, mais un jour il crut la voir au marché. Comme on ne lui donna pas d'autres explications, il médita souvent sur le départ de cette mère qui ne voulait jamais revenir ; puis il songea qu'elle était peut-être morte et la pleura, bien qu'il n'eût jamais pensé à elle avec une grande affection. Une fois qu'il voulut questionner son père, il en fut si mal reçu qu'il ne recommença jamais. Pour remplacer Madame Larache, Monsieur Charles amena un samedi soir dans le débit une fille de la campagne qui répondait au nom de Sophie mais que le père Larache baptisa Maria. C'était une blonde de quatorze ans avec une grosse tête blafarde et des yeux limpides ; quand elle se tenait dans l'ombre derrière la caisse, elle avait l'air d'une lampe en porcelaine posée sur le comptoir ; elle regardait tristement dans le vide ; on ne savait pas ce qu'elle regrettait ; elle se ruait sur les travaux fatigants avec une ardeur de paysanne, mais, dès que le jour tombait, elle devenait mélancolique et lente, une douceur semblait ruisseler d'elle, une sorte de lumière laiteuse qui rappelait à Fernand les clair de lune de la ferme où l'avait emmené l'homme au melon gris ; il restait assis dans un coin de la salle, à la regarder, captivé par cette atmosphère étrange de paix et de tristesse qui se dégageait de Maria, et qui le transportait bizarrement au seuil de la rue des merveilles où il y a des lanternes vénitiennes et des têtes de marchands turcs. Une chose le choquait cependant ; la bonne avait un gros ventre qui faisait remonter son tablier bleu et qui hypnotisait le gosse ; quelquefois un client la plaisantait à ce sujet ; elle allait alors pleurer dans la cuisine, et Battling, qui l'aimait, se sentait triste pour elle, tout en ressentant l'étrange besoin de lui répéter la phrase du client pour la voir souffrir. Quelquefois, en passant près de lui, elle lui caressait la joue d'une façon distraite, et il était heureux pour un moment ; mais quand elle souriait à un client, comme Adrien, le zingueur, qui avait une petite moustache blonde, il lui en voulait à mort ; alors, pendant qu'elle était penchée sur la lessive, il se glissait derrière elle et lui pinçait le mollet jusqu'au sang ; elle poussait un cri et l'injuriait grossièrement dans un patois incompréhensible qu'il contrefaisait de la porte avant de disparaître pour couver, dans le couloir humide, au-dessous des boîtes aux lettres, la tristesse que sa vengeance lui causait.

Un soir qu'assis entre ses deux poubelles, il pleurait de désœuvrement, elle était entrée dans la cour pour jeter des épluchures de pommes de terre ; son visage rond éclairait l'ombre d'un halo pâle ; en la voyant à travers ses larmes, il avait cru à quelque vision extatique et n'avait pas eu le temps de se cacher: « C'est la malice qui te sort par les yeux », avait déclaré Maria en secouant un torchon sur la poubelle. Elle riait en faisant la grosse voix. Puis elle avait craché sur un coin du torchon pour débarbouiller les paupières et la figure du petit. Après quoi elle l'avait embrassé avec une violence qui l'avait surpris ; Battling l'avait vu disparaître dans la cuisine tandis qu'il tremblait, entre ses poubelles, d'extase et de ravissement. Il sentait ses facultés décuplées ; le soir-même il inventa un jeu sauvage et nouveau. Pendant les jours qui suivirent, quand il se croyait bien caché, il crachait sur son tablier pour se débarbouiller la figure afin de retrouver l'impression du baiser de Maria qui restait mélangé dans son esprit à l'odeur de la salive et au frottement de la toile rude. Il se frictionnait jusqu'au sang, mais les compliments moqueurs que les clients lui faisaient sur sa belle mine n'altéraient pas son allégresse qui dura jusqu'au samedi suivant.

Il pouvait être six heures du soir, et la salle était déjà sombre ; néanmoins, comme il n'y avait pas encore de client, on n'avait pas allumé le gaz ; quand Battling entra dans l'estaminet, il entendit le bruit étouffé d'une lutte derrière une table ; des ombres plus noires que celles de la pièce s'agitaient dans le coin le plus obscur ; on ne l'avait pas entendu venir ; il finit par voir ce qui se passait : l'homme au melon gris avait assis Maria sur ses genoux et cherchait à l'embrasser dans le cou ; l'autre le repoussait de toutes ses forces ; elle se démenait si bien que Battling aperçut au-dessus de ses gros bas de laine un coin de peau blanche et ce spectacle accrut sa peine en même temps que sa curiosité ; il souffrait atrocement de ce qu'il voyait, par jalousie, mais une sorte de perversité le clouait sur place, et il regarda encore longtemps, pour se faire bien mal ; puis il ferma la porte bruyamment ; le monsieur au melon gris lâcha la bonne au gros ventre et se mit à rire, d'un petit rire sec qui rendait un son bizarre; Maria se releva en lui donnant une bourrade, ramassa son torchon sur la table, et retourna tranquillement au comptoir pour y prendre les allumettes. L'homme au melon gris fit venir Battling près de lui et l'embrassa ; ses joues rasées étaient douces comme une peau de femme, son menton froid comme une pierre d'alun. Le bec de gaz posa un rond jaune sur la terre battue.

— Ce sera deux vermouth-cassis, Sophie, déclara le monsieur.

Quand Maria apporta les deux verres, il fit asseoir Battling en face de lui ; le petit, craignant d'en avoir trop vu au goût du monsieur, tremblait de peur dans son tablier sale.

— Trinquons, jeune homme, ordonna le vieillard.

Et Battling vida bravement son verre, d'un seul coup. L'homme au melon gris retomba dans le silence ; il fixait Battling de ses yeux pâles, avec un sourire accroché au coin des lèvres ; Battling lui trouvait une sorte de ressemblance avec l'un des négociants turcs de la rue aux lanternes vénitiennes, — cette expression de cruauté bienveillante, ces longs sourcils.

Adrien entra en frisant sa petite moustache. Il avait un grand pantalon de velours qui lui montait jusqu'aux aisselles, une ceinture noire qui dessinait sa taille élégante et une casquette inquiétante qui posait une ombre oblique sur ses yeux câlins. Il entra, Salut Messieurs, et il s'assit près du poêle, posément, avec des gestes de travailleur. Le vieux s'amusait toujours en silence, à regarder boire le petit. Il ne le quittait pas des yeux.

— Elle est jolie, Maria, hein, petite fripouille ?

Battling rougit jusqu'aux oreilles.

— C'est un garçon qui a du vice, commenta Adrien avec un sourire en regardant Fernand de biais.

— C'est un garçon qui me plaît comme ca, trancha le monsieur de sa voix distinguée.

Battling ne se rappelait plus rien de la suite, sinon qu'il avait eu très chaud à la tête, que les clients avaient tous des têtes de négociants turcs, qu'ils riaient en se tapant sur les cuisses et puis que son front s'était glacé : il avait eu mal autour des yeux, il avait vomi au milieu de la salle ; Sindbad le Marin l'avait chassé à coups de serviette dans la cour comme une mouche à viande, en le traitant de « petit fumier » ; il avait rôdé autour des poubelles en proie à des sentiments dont il était difficile de retrouver l'ordre logique et la nature. La nuit, il était sorti de son lit, il était allé à la cuisine, avait allumé la lampe Pigeon en s'assurant que le ronflement de son père fonctionnait bien ; après quoi il avait déchiré une feuille de son « Cahier 100 pages » et il avait écrit à Maria une lettre dont le seul souvenir lui fit monter le rouge aux joues sous la tonnelle des Contade. Pour se venger sur la pauvre fille de la déception qu'elle lui avait causée, il avait accumulé là les injures les plus ordurières, tout ce qu'il avait pu trouver de plus grossier, de plus vil et de plus méchant, et il avait signé le tout, en tirant la langue d'application : « Un qui te connaît bien, vieille garce ». Un homme n'aurait pas osé écrire la moitié de ce qu'il avait mis là dans la demi-ignorance du sens des termes qu'il employait pour les avoir entendus dans la salle ; mais cette ignorance ne l'excusait pas ; il était assez averti pour savoir qu'il allait d'instinct au pire. D'ailleurs il souffrit énormément en relisant cette lettre et en songeant aux larmes qu'allait verser Maria ; sa propre souffrance accroissait son plaisir ; c'était un garçon qui aimait à se faire mal, peut-être parce qu'il avait tant souffert sans le savoir de la misère de son enfance qu'il avait réussi à trouver une volupté dans la douleur. Il mit son papier sous une enveloppe qu'il prit dans le petit paquet de Maria et le déposa dans la boîte aux lettres du couloir. Le père ronflait toujours ; on eût dit qu'une automobile attendait à la porte. Le petit éteignit la lampe et regagna son lit sur la pointe des pieds, il s'endormit suant de fièvre : il revoyait dans son délire la peau blanche de Maria et les yeux inquiétants du vieil homme sous le melon gris. Il ne pourrait pas lui cacher l'histoire de la lettre ; le vieil homme, sans qu'on eût un mot à dire, devinait les mauvais instincts.

Le matin, en se levant, Battling fut pris

d'une faiblesse et ne put aller au catéchisme; on le laissa au lit sans s'en inquiéter ; à dix heures, il entendit dans la cuisine les pleurs et les cris de Maria ; le père Larache partagea un instant sa véhémence, puis lui dit qu'on en reparlerait, que pour le moment les clients attendaient, qu'il ne pouvait pas, quant à lui, être à la fois à la salle et à la cave où il avait à fendre du bois, qu'elle devait sécher ses larmes et se dépêcher d'aller au comptoir, qu'on n'avait pas le temps dans le commerce de s'occuper d'un tas de bêtises et que... ; mais Maria, dégoûtée de l'existence en général et du débit du père Larache en particulier, sentait croître son aversion pour le commerce des liqueurs ; elle voulait partir tout de suite, elle commençait son baluchon, elle exigeait ses gages de la dernière semaine.

— Des colombins, hurlait le père Larache, des colombins, voilà tout ce que vous aurez ; vous attendrez la fin du mois si vous voulez toucher vos gages ; et puis fichez-moi le camp tout de suite si vous voulez continuer à chialer ; vous allez faire peur aux clients avec cette gueule. Sacrée g... (et il écrasait une mouche d'un coup de torchon) ; elles sont toutes pareilles ! Si on voulait les écouter, on n'en aurait jamais fini. »

Là-dessus, on avait entendu son pas pesant descendre l'échelle, et Maria était retournée dans la salle où l'attendaient des clients intéressés.

La scène avait fait une telle impression sur le gamin rongé de remords et d'épouvante qu'il avait voulu se jeter immédiatement aux genoux de la bonne, mais sa méchanceté et la crainte de son père avaient fini par avoir le dessus. A une heure, pendant le repas, il entendit encore parler de la lettre entre son père et Maria. Aucun d'eux ne songeait à le soupçonner ; on ne le croyait pas capable d'écrire de pareilles choses ; et puis à quel motif aurait-il obéi ?

— C'est le vieux, disait le père Larache ; ainsi, quand je vous dis que c'est le vieux... Y a que lui qui soit assez saligaud pour s'obstiner par plaisir dans le vice. Un beau salaud ! Si c'était pas la galette, je te vous le flanquerais à la porte pas plus tard que ce soir. Comme je le disais à ma femme : « Femme, que je lui disais, ce vieux-là t'es sa victime, mais... »

— Mais ce n'est pas son écriture, pleurait

la bonne au gros ventre que ces affirmations ne satisfaisaient pas.

— Y l'a imitée. Ça se voit tous les jours dans les journaux. G... de mouche (et il aplatissait un taon d'un coup de serviette) ; c'est un homme qui a de l'instruction ; j'en connais pas d'autre qui vienne ici qui soit capable de faire ça aussi bien ; une supposition que je voudrais le faire, j'y arriverais jamais ; vous non plus ? Alors ?...

Mais on les sentait impuissants contre le vieil homme. Battling comprit que Monsieur Charles les tenait tous. Il décida de lui raconter cette histoire qui lui ferait sûrement plaisir. Quand Monsieur Charles arriva vers cinq heures, Battling était déjà levé.

— J'ai écrit à Maria, lui dit-il en grand mystère. On croit que c'est vous, mais il ne faudra pas le répéter.

Le vieux promit le secret en levant le sourcil droit pour marquer sa curiosité ; il ressemblait vraiment ainsi au marchand de la rue des Merveilles. Ce secret il le garda d'ailleurs avec une fidélité parfaite. C'était un homme que les bonnes farces amusaient pour elles-mêmes, non pour le vain plaisir de les ébruiter. Il paraissait prendre un plaisir extrême au récit de l'enfant qui mimait avec animation la scène de la cuisine, et rapportait en enflant la voix les propos du père Larache.

— Petit salaud, répétait Monsieur Charles à voix basse, petit salaud...

Il avait l'air très satisfait et il paya un vermouth à Battling, comme la veille, le vermouth de la complicité.

Le mardi, à une heure et quart, quand Battling partit pour l'école, le père Larache lui recommanda d'être de retour avant cinq heures pour aller lui chercher ses souliers chez le cordonnier, car il avait une visite pressée à faire au président du syndicat. Battling revint à six heures et se cacha jusqu'au dîner derrière les poubelles : il avait entendu la voix du père Larache et vu son ombre démesurée se profiler sur le calicot rouge des rideaux. Il finit pourtant par se décider, puisqu'aussi bien ce ne serait que partie remise, et fut si vigoureusement accueilli à coups de torchon qu'il n'eut pas le temps de justifier son absence. Enfin le père Larache s'informa :

— Pourquoi tu es pas venu comme je t'avais dit?

— J'étais en retenue.

— C'est pas vrai.

— C'est pas vrai? cria le gosse ; même qu'il te faut signer sur mon cahier !

Et, devant la nouvelle râclée qui s'apprêtait, il montra dans la marge de son cahier de classe les mots moulés à l'encre rouge par l'instituteur : « Mardi 25. Retenue : une heure (page déchirée). Signature du père... »

— Page déchirée... page déchirée... répéta machinalement le père Larache abruti par cette évidence ; page déchirée... eh bien, je m'en f... ! Fais la voir d'abord cette page déchirée !

Battling dut ouvrir son cahier à l'endroit voulu. Maria, obsédée par sa lettre, crut reconnaître ce papier, cette déchirure ; elle sortit la lettre de son corsage, l'étala, la posa sur le cahier à côté de la petite bande de papier restée prise dans la reliure et constata que les lèvres de la plaie coïncidaient. Elle devint tout pâle :

— Petite vermine, dit-elle, petit cochon !

Le père saisit Battling par l'oreille :

— C'est toi qui as écrit cette saloperie ? demanda-t-il entre les dents, d'une voix sourde.

Battling terrorisé n'osa pas répondre. Le

père Larache l'avait attrapé par son sarrau, entre les épaules, et lui administrait une râclée sur les jambes, à coups de pique-feu. Battling, serrant les dents et suant de douleur, réussit à ne pas crier ; ses larmes coulaient sur ses joues sans qu'il laissât échapper un son de sa gorge. Quand le père eut apaisé sa fureur, il alla jeter le gosse sur son lit.

— Voilà, crapule. Tu pourras dire à ton maître que j'ai signé.

Sur le lit les sanglots étouffaient le gosse qui gémit longtemps; on aurait dit un tuyau de gouttière gargarisé par une averse. Mais, maintenant qu'il avait payé sa dette, il ne se sentait plus de pitié pour Maria. Elle avait été si terrifiée de la correction que, quand le père eut disparu dans la salle, elle vint trouver le gamin pour le consoler. Il savoura lentement le plaisir de la voir inquiète, de se laisser embrasser, cajoler.

— Mais pourquoi donc as-tu fait ça ? lui disait-elle.

A la fin il lui répondit : « Ecoute ». Il approcha la bouche de son oreille : « Vieux chameau », et il la mordit tant qu'il put. Elle étouffa un hurlement, le traita de petite vipère et ne comprit jamais que Battling, dans son âme trouble, eût voulu se venger sur lui-même de caresses qui le surprenaient comme un bonheur qui ne lui était pas dû.

Fallait-il qu'à tant d'années de distance il retrouvât au fond de lui les mêmes éléments obscurs dans son amour pour l'étrangère, cette pitié pour lui, pour elle, cette haine, ce besoin de souffrir et de faire souffrir, cette avidité de gâcher sa chance et ce désir qui trouvait sa forme la plus aiguë, la plus déchirante, dans la détresse, cette volupté du regret qu'il voulait ajouter d'avance à l'irritation du désir ?

Il croyait pourtant avoir tant changé depuis l'époque du *Petit Panthéon !* Il revoyait la mort solennelle du père Larache sous les zouaves de Malakoff, son habit noir, ses souliers brillants, sa tête pâle, et cette mouche qui s'était posée sur son nez comme une insulte, sans qu'il pût, pour la première fois, lui décocher ce coup de torchon décisif qui eût assommé un lapin. Battling, gêné dans ses vêtements neufs, avait alors compris que c'était fini ; il avait pleuré lamentablement la mort de cet homme brutal et juste dans l'ombre duquel il avait passé son enfance. Il lui avait découvert des vertus singulières, la modestie, la force de l'âme, la grandeur. L'homme mystérieux était venu avec ses yeux énigmatiques ; il avait consolé Battling avec une douceur, une bonté si maternelles que le petit ne l'avait pas reconnu ; ils avaient suivi l'enterrement avec Maria dont le ventre avait repris depuis quelque temps des proportions normales, dont le visage avait maigri, dont les yeux s'étaient cernés comme ceux de toutes les femmes du quartier, les femmes de l'ombre. Maintenant elle ne brillait plus derrière le comptoir comme une lampe de ferme ; elle avait l'air sale et coquet d'un calendrier déteint. Et il y avait aussi deux bonnes douzaines de consommateurs fidèles et de membres de la corporation des liqueurs, avec des joues rasées de frais, des souliers brillants et des immortelles rouges. Maintenant le père Larache était étendu sous une croix de bois, avec une petite grille et trois pots de fleurs sur le ventre, dans un grand terrain d'argile désolé où il pleuvait en novembre à fendre l'âme. Le président du syndicat avait parlé de ses vertus civiques. Ses vertus civiques, voilà..., et les remords de Battling s'accrurent, car il ne les avait pas soupçonnées. Un homme fidèle aux institutions démocratiques, un inébranlable. « Comme c'était vrai », pensa Battling. Il l'avait revue souvent depuis, dans ses cauchemars, l'ombre borgne de ce géant mélancolique qui chassait des mouches transparentes dans un café de l'autre monde, un café de luxe, avec des lauriers-roses surnaturels dans des caisses vertes, et des squelettes en melon gris qui buvaient des rhum-fantaisie sur la terrasse.

Il s'était réveillé de son désespoir dans un village vertueux et calme avec une rivière et un clocher comme sur les images du livre d'école, dans la maison de M. Charles qu'on appelait ici M. Sardaigne et que tout le monde respectait. Il y avait des planchers cirés d'où montait une odeur d'encaustique, des vases en cuivre avec des plantes vertes, des placards qui sentaient la confiture, et trois demoiselles d'un certain âge, comiques comme des poupées en fil de fer. M. Sardaigne était expert-géomètre. Il avait refusé d'être maire du village à cause de son asthme, mais c'est à lui que tout le monde venait demander conseil. La maison était toujours pleine de solliciteurs les jours de marché, et les trois demoiselles en fil de fer disaient qu'ils finiraient par les ruiner en aumônes. Battling était content de sa grande chambre, ornée de souvenirs du Mexique, colibris en plumes naturelles, portraits d'officiers du Second Empire, médailles, serpents ; on l'appelait la chambre d'Anatole, car la maison semblait toujours habitée par des morts, des morts antiques, bienveillants et modestes qui avaient laissé leur nom accroché à une pièce, à un escalier, à une mansarde, qui avaient fleuri la maison d'anecdotes gaies, de traits pieux, qui l'avaient fournie d'une histoire, toujours édifiante, et de souvenirs exemplaires triés comme pour le *Bulletin de la Paroisse* ou le *Catéchisme Expliqué*.

On voyait peu M. Sardaigne, absorbé entre ses repas par ses tournées rustiques, ses clients, ses solliciteurs et ses occupations littéraires, car il écrivait une grammaire patoise pour son agrément personnel. Au contact des trois demoiselles, Battling avait un peu perdu de l'acidité de sa tristesse et de son caractère sauvage ; on le traitait comme le fils de la maison. Il parlait rarement avec M. Sardaigne ; pour se comprendre il leur suffisait d'un coup d'œil. On ne sait de quoi leur sympathie était faite, d'une affinité secrète, sans doute, qui se manifestait dans leurs jugements, et de quelques souvenirs communs dont ils savaient, sans se l'être dit, qu'il ne fallait pas les raconter inutilement. Un jour, en revenant du chef-lieu, M. Sardaigne avait appris à Battling que Maria avait épousé un employé du P.-L.-M., qu'elle tenait maintenant toute seule le *Petit Panthéon* pendant que son mari était au travail et qu'elle avait beaucoup à faire avec son fils à élever. Mais Battling ne s'intéressait déjà presque plus à ces choses, et, quand il fut au collège, son enfance disparut en quelques mois dans le lointain de ses souvenirs comme une période pas vraie de son existence.

Et voici qu'il la retrouvait cruellement installée auprès de lui sous la tonnelle, avec son sourire pervers et malheureux, au seuil de l'étrangère indifférente dont le reflet, pâle comme une ondulation de l'air chaud, flottait sur les jardins exaspérés. Quel rêve, quel idéal, quel caprice où Battling n'avait point de part, occupaient son cœur indéchiffrable ? De qui s'étaient occupés ses beaux bras, ses mains blanches, sa bouche étrange, ses yeux pleins de pays et de figures lointaines ? Comment rencontreraient-ils jamais ce petit masque douloureux de gamin perfide assis entre deux poubelles dans une cour d'immeuble misérable, et pleurant sur sa méchanceté, sur sa tristesse, à l'heure de la première étoile où les pianos des quartiers riches distillent toute la nostalgie des sédentaires dans le crépuscule navrant ? Et pourtant elle était laide comme lui ; elle devait avoir aussi ce cœur humilié, ce besoin d'horreur, de souffrance ; il aurait voulu la mépriser... Ah ! lui tordre les poignets de toute sa force, et lui faire mal, et qu'elle en crève, la garce, et l'embrasser sur sa bouche dédaigneuse... Oui ? Et puis ? Et puis lui demander pardon comme un petit garçon qui a volé des confitures ?... Et s'il réussissait pourtant ? S'il réussissait, ne pas jouir de sa victoire, penser tout le temps qu'il aurait volé sa chance, trembler devant elle comme un usurpateur ? Oh, la la...

Le soir tomba, les premières bouffées de fraîcheur passèrent ; il était encore accoudé sur la table en fer de la tonnelle, remuant dans son esprit son impuissance, son désespoir et sa misère, les yeux fixés sur la tache rose de son soulier blanc. Son agitation l'avait lassé ; maintenant il n'y avait plus place dans son âme que pour une pitié tragique et cependant vaguement consolante qu'il étendait à toute chose, à lui, à elle, à M. Sardaigne, à tous ceux auxquels il prêtait ce génie amer dont il souffrait, cette humeur qui lui faisait trouver une joie dans la peine et une peine dans la joie. Pour la première fois de sa vie, il eut l'idée d'un poème dont il écrivit les premières lignes au dos d'un devoir de physique. Il se sentait bizarrement emporté par un sentiment plus grand que lui, et, quand le vent passait sur sa bouche sèche, une exaltation le gonflait.

— C'était bien, ce poème, Manuel ? Tu l'as vu ?

— A mon avis, c'était très beau, me répondit Manuel avec la voix qu'il prenait quand il parlait de choses auxquelles il attachait de l'importance. C'était intitulé *Hymne à la Laideur*. Ça se passait dans une espèce d'endroit miraculeux et mal défini qu'il appelait la rue des Merveilles, avec des marchands plus ou moins turcs qui tenaient des discours à la Whitmann. Bizarre. On aurait dit une traduction d'un poète étranger. Et puis une espèce de grandiose, et un écœurement, comme dans certaines choses de Rimbaud, les plus âcres.

— Il n'a jamais voulu le lire.

— Je sais. Eh bien, c'était comme ça quand même. Ne va pas lui en parler, hein ? Pas de gaffe ! Il serait tellement gêné s'il savait qu'on l'a lu.

Le vent du soir soufflait plus fort. Le courant d'air de la rue des Merveilles ? Un pétale de rose tomba du haut de la tonnelle sur la page. Etait-ce une indication du destin ? Battling ne pouvait plus écrire, la richesse de l'inspiration l'oppressait ; il remit le papier dans sa poche, il se leva, prit son couteau, cueillit toutes les roses de la tonnelle ; cela faisait une énorme botte, rouge, blanche, rose et jaune, dans laquelle il fourra son nez un moment ; cette odeur et l'emportement de son âme le grisaient comme du vin ; il mordit à pleines dents dans une fleur, en garda quelques pétales dans la bouche et revint vers la maison en les mâchant ; au premier, la fenêtre d'Erna Schnorr était ouverte; il lança le bouquet dans la chambre. Les fleurs tombèrent comme une comète dans le rectangle noir.

Les pétales qu'il avait trop sucés distillaient maintenant dans sa bouche un suc amer et parfumé, le goût même de son amour et de sa peine.

Telle avait été la première audace de Battling, et nul n'en eût jamais rien su, sauf Erna Schnorr, s'il n'avait commis la seconde que Manuel me raconta en étude, quelques jours avant sa comparution devant le principal, alors que Battling n'était pas là. Rien n'était plus favorable à ces récits que l'atmosphère de l'étude du soir ; on se trouvait bien à cause du poêle, de la liberté que nous laissait Rétine, de l'amitié qu'il y avait entre nous tous, et de l'aide qu'apportait au rêve l'obligation de rester à la même place devant le paysage familier : le pré vert avec le genévrier noir coupé en croix par les barreaux de la fenêtre, les montagnes bleues, le ciel de cinq heures qui faisait aux collégiens chimériques des promesses que la vie ne peut pas tenir, le préau désolé que le vent remplissait de voix menteuses, et, les soirs d'hiver, dans la neige, l'auberge du col lointain qui s'allumait comme un phare pour nous autoriser à tout.

J'appris donc en présence d'une partie de ces merveilles qu'Erna Schnorr, au mois de septembre, avait sans doute été touchée par le geste de Battling, et j'en conçus un moment d'espoir pour mon voisin de gauche. Elle n'avait eu qu'à le voir rôder dans le jardin d'un air faussement détaché pour connaître l'auteur du crime, et, un matin, comme elle passait en peignoir de bain pour aller nager dans l'étang, elle lui avait souri en lui disant bonjour ; elle était belle comme une esclave de la rue des Merveilles ! Il était sept heures à peine et le matin était plein de silence; ce sourire dans ce silence, la complicité grandiose de la campagne, tout ce décor qui prenait un sens, c'était trop d'ivresse à cuver pour un garçon fait comme Battling. Manuel aurait accompagné Erna; mais Battling n'avait pas de raisons de se presser : toutes les roses du jardin semblaient confirmer ses espérances. Il acheva donc de se raser à la fenêtre, puis il termina son poème pour Erna. Il le recopia proprement sur une copie quadrillée, de cette petite écriture nette qui donnait une valeur artistique aux équations, avec des *b* comme des bémols, des *a* d'imprimerie et des marges régulières ; il le relut plusieurs fois dans la journée, l'admira, le méprisa, s'en dégoûta, voulut le jeter au feu, décida de le donner à Erna, de le garder, de n'en rien faire ; il en était horriblement gêné ; il espérait qu'un cataclysme brusquerait les choses, le ciel resta cruellement bleu ; qu'un hasard le mettrait en présence d'Erna, il n'eut pas l'occasion de la rencontrer ; que, dans le temps qu'il mettrait à compter jusqu'à dix, la cendre tomberait de sa cigarette, auquel cas il se considérerait comme affranchi de l'obligation de donner ce poème, mais il compta jusqu'à trente et la cendre ne tomba pas. La journée passa lentement ; il en traîna chaque minute comme un boulet. Enfin le soir vint, tout chargé d'une exaltation égale, pareil à une grande vague qui prit l'âme de Battling en travers et l'emporta dans sa fraîcheur, sans résistance. Il se trouva subitement transporté, par la simple vertu de l'heure, dans un monde où tous les gestes romanesques avaient quelque chose de simple, de facile et de naturel. Il cueillit comme l'autre fois un bouquet de roses, il déposa son hymne entre les fleurs, il lança le tout par la fenêtre et passa la nuit sans dormir.

Peut-être, comme le disait Manuel, cet *Hymne à la Laideur* où Battling avait mis ses rancœurs, sa misère, ses sournoiseries et sa violence, était-il très émouvant. Ce devait être en tout cas une chose assez âcre faite pour les estomacs solides, une sorte de *Bateau Ivre* entrelardé de nietzschéismes acides, un âpre coktail de liqueurs fortes capable de fracasser les genoux d'un athlète en pleine vigueur. Mais Erna Schnorr goûterait-elle un breuvage aussi agressif ?

Quand il la rencontra le lendemain dans le couloir sombre, et qu'il lui dit bonjour en tremblant, et qu'elle se tourna vers lui pour déclarer : « J'aime les fleurs, Monsieur Larache, mais je déteste les insolents », et qu'il la vit partir vers l'étang sans rien ajouter à la sentence, il resta les genoux tremblants, les larmes aux yeux, plein de désespoir et de colère. S'était-il, au fond, attendu à autre chose ? Le soir même, il décida en pleurant, qu'il ne l'aimait pas, qu'il ne l'avait jamais aimée, que c'était une grue, une poseuse, une imbécile, et qu'il irait avec Emile au Quartier-Vieux pour voir de vraies femmes. Mais il ne trouva pas le courage d'accomplir ce sacrilège orgueilleux.

Quant à Erna, si elle avait été touchée par l'hommage du jeune barbare, l'artiste qui était en elle et que la poésie vulgaire, peut-être grande, de Battling avait sans doute amusée, n'avait pu faire pardonner par la femme la pitié dont il semblait l'insulter. Et, comme Battling, déconfit, n'osa jamais revenir à la charge, il ne fut plus question de rien.

Et c'est pourquoi Battling, ce soir-là, en étude, me parlait d'elle avec un mépris méchant et cette grossièreté de ton qui sied, pensait-il, à l'expérience. Qu'il se faisait mal, le pauvre diable, et que les jeunes gens sont fous!

— Une grue, Battling ?

— Une grue finie ; quand je te le dis, c'est que je le sais !

Mais il sentait que l'outrance du ton pouvait nuire au succès de la thèse. Il voulut jouer l'homme impartial :

— C'est une belle poule bien balancée. (Cela signifiait dans sa bouche : c'est une femme comme on n'en voit qu'en rêve, mais je crèverais plutôt que de l'avouer. Manuel aurait dit : « C'est une femme charmante. » et son expression polie n'en aurait pas moins recouvert une pensée brutale. Question d'âge. Manuel était plus vieux que nous). C'est une belle poule bien balancée, et, si ce n'étaient pas ses croûtes et ses peintres, ce serait une femme qui en vaudrait peut-être la peine. Mais quel chiqué ! Hier soir elle avait une réunion, j'aurais voulu que tu voies ça ! Il y en avait un qui parlait d'un voyage en Italie : et des « vibrâtions », ma chère, et des « sensâtions », et des « palpitâtions », oh la la !... Une vieille tarte. Ils ont fait un tour dans le jardin, deux ou trois, j'aurais voulu que tu voies ces mecs : il y avait celui des « vibrâtions », avec sa gueule de vieux singe, on l'aurait refusé au Jardin des Plantes, je te dis ; et un grand chauve, un officier de dragons, avec une tête en boule de rampe qui brillait au clair de la lune, et un monocle, madame, pour que ce soit plus beau. Ah ! oui, ils sont frais ses amoureux. Et « chère madame » par ci, et « chère madame » par là ; et le vieux macaque des « vibrâtions » qui poussait des petits gloussements d'extase en mâchant son râtelier, « mais c'est cheu-armant ! », « mais c'est adorâble ! »

— Larache, vous aurez bientôt fini de faire le guignol ?

C'était Baladier que les imitations de Battling et les rires des camarades avaient arraché à sa somnolence ; il alla donner un coup d'œil aux devoirs des petits ; Battling ajouta un livre au rempart des dictionnaires, baissa un peu plus la tête, et poursuivit, à voix moins haute :

— Je te garantis que la femme du principal n'aurait pas déparé la galerie. Moi, ça me fait suer tous ces chichis artistiques, parce que tu sais, la peinture, ils s'en fichent, c'est un prétexte transparent ; tout ça, c'est pour finir au pageot. Quand je te le disais tout à l'heure, tu ne voulais pas me croire : eh bien, ils sont tous partis vers minuit, mais il y en a un qui n'est parti qu'à deux heures ; je l'ai entendu quand il a ouvert la grille ; je ne l'avais pas vu avec ceux du jardin, il avait dû venir plus tard ; ah ! je te garantis qu'elle s'en paye, celle-là !

— Battling, lui dis-je, tu me dégoûtes. Tu ferais mieux d'être sincère que de crâner.

— Ah ! bien, flûte alors, fit Battling, une grue pareille ?

Les becs de gaz ouvraient dans l'ombre de l'étude quatre pains de sucre en or coupés par les tables suivant quatre circonférences jaunes diversement tordues par le relief des pupitres, des livres et autres accidents... *Cado, cadis, cecidi* ; combien de moutons reste-t-il au berger ? Combien de temps les robinets mettront-ils à remplir cette baignoire ? Hannibal fait sauter les rochers des Alpes avec du vinaigre... Voltaire a dit...; avait-il raison ?... *Quirites*, Messieurs les juges... Prouvez que la puissance d'un point par rapport à un cercle... Le ronflement infatigable et doux des becs de gaz égalisait le rythme confus des préoccupations scolaires. Oh! pourquoi n'était-ce pas le ronflement de quelque moteur surnaturel qui nous eût emporté tous, avec les murs de ce collège, vers un océan glauque et divin, tous les internes sur le pont, pareils, dans leurs uniformes bleus, à quelque chimérique équipage, avec Erna Schnorr au gouvernail et Rétine en gibus à la proue, tel que le voient d'ici mes yeux, trouble, immense et majestueux, lisant le devoir de Chouleyre...

— Dis donc, Manuel, tu as entendu Battling ? Il arrange joliment la soirée de Mlle Schnorr ! Tu y étais ?

J'aurais mieux aimé lui parler de son audience chez le principal ; mais il avait l'air trop préoccupé, trop sombre. J'avais peur d'être indiscret ; Manuel était plus vieux que moi ; bien que nous fussions très camarades, je sentais en lui l'assurance d'une personnalité plus accusée que la mienne ; il répondit cependant, avec un petit sourire, d'un seul côté de la bouche ; l'autre côté gardait un pli soucieux.

— Oui, mais j'y suis allé assez tard ; j'y ai rencontré Argilhès, le peintre de Paris, qui était resté en lieutenant de dragons, pour s'amuser, parce qu'il fait actuellement une période! je le connais depuis longtemps, par mon père; les autres, je ne me rappelle plus bien les noms ; des types charmants, avec des toquades ; il y en avait un qui connaissait un système grec, ou arménien, pour obtenir des pêches superbes, et qui voulait absolument l'essayer immédiatement sur les arbres du père Contade ; il a fallu l'en empêcher ; il est plutôt bruyant, le père Contade, il aurait été capable d'ameuter la moitié du quartier s'il avait vu qu'on attaquait son légume. Et un autre qui trouvait tout épatant, un essayiste qui fait des choses très chic dans la *Revue des Cinq*, Balmes, tu sais? Il dénigrait Paris au profit de la campagne ; il disait en montrant les chaumes : « Ça fout tout par terre », et il prenait les radis pour du trèfle. « Je suis un rustique », affirmait-il ; de ces gens qui se figurent aimer les champs et qui en crèveraient au bout de huit jours. Bien sympathique, d'ailleurs, plein d'enthousiasme ; et quand il se met sur la musique, il faut l'entendre : un homme qui te donne des idées tant que tu en veux. Il doit avoir un petit béguin pour Erna, je ne sais pas où ils se sont connus. Mais j'aime mieux Erna, tout de même ; elle parle moins, mais elle travaille plus. Argilhès était épaté, tu sais ! Et pour épater Argilhès... Tu sais qu'elle a une bibliothèque française très bien montée ? Tu as lu le *Rouge et le Noir*, de Stendhal ?

— Non.

— Je te passerai ça. Exaltant. Et les *Moralités Légendaires?*

— Des fragments. Si tu les as...

— Ah ! mon vieux ! tu m'en diras des nouvelles. Et illustrées... à se mettre à genoux.

Manuel semblait plus en forme. C'était peut-être le moment de l'interroger.

— Dis-donc, que te voulait le patron, tout à l'heure?

— Ça, fit-il, ça va faire vilain ; c'est à cause d'une caricature de Rétine... Et puis il m'énervait, je lui ai répondu plutôt insolemment ; alors il ne va pas me rater ; il m'en a dit de toutes les couleurs ; il m'a traité de pétroleur, de morveux, de communiste ; « la caricature n'est pas de l'art, c'est de l'anarchie » ; c'est qu'il a des opinions de dictateur, le patron ! Mais le pire (il baissa la voix), c'est que je suis revenu de chez Erna à deux heures et demie...

— C'était donc toi? Battling t'a entendu sans te reconnaître.

— Oui? Eh bien ! ne va surtout rien lui dire ; je le connais, mon Battling ; avec ses airs de réaliste méprisant, il en souffrirait horriblement ; tu sais bien ce que je t'ai raconté l'autre jour ; alors boucle-la, tu m'entends? Mais je me demande qui peut m'avoir vendu.

— Pas lui, toujours.

— Je ne pense pas.

— C'est peut-être le patron qui t'a vu lui-même, en revenant du Bal de la Sous-Préfecture. Il t'aura croisé au Foirail.

— Eh bien ! me voilà dans de jolis draps ! Si tu m'encourages comme ça... Samedi soir je passe au Conseil de Discipline. C'est gai ! Avec mon père, ça ira encore ; mais ma mère va pleurer comme une fontaine, je ne peux pas voir ça, tu comprends, c'est une chose qui me démoralise.

— Monsieur Feracci, intervint Rétine, aurez-vous bientôt terminé vos petits discours?

L'étude retomba dans la torpeur qui marque le troisième quart de son cycle.

Le samedi soir, à la récréation de quatre heures, on les vit venir, tous les juges, avec leurs foudres dans leurs serviettes, chez Jupiter Olympien. Il y avait le brave père Vérax qui se faisait la tête d'Anatole France à cause de son nez sur le côté ; Tourlaize avec sa barbe en pointe, son lorgnon et sa belle voix creuse ; Caillard aigri par son échec d'un quart de point à l'agrégation ; Baladier semblable à quelque pêcheur mélancolique ; Vissier, le petit professeur de mathématiques qui s'amusait de ses obligations pontificales avec Sterne, le professeur d'anglais ; ceux qui étaient « chic type » et ceux qui étaient « vache », les mariés, les célibataires, les penseurs et les enthousiastes, les durs, les mous, les mielleux et les acides, avec ce je ne sais quoi d'instructif dans le geste et d'oblique dans la cravate qui révèle les disciplines universitaires, les grandes traditions du métier. On les vit tous passer en file indienne, avec des cannes à bec d'argent, les héritiers poussifs des Grecs, les archanges bavards du syllogisme, les hercules maigres du participe passé ; on eût dit une société d'ombres née du choc de la pluie sur le sol de la cour ; ils s'engouffrèrent dans la porte sombre du couloir d'où s'exhalait comme un fumet pédagogique, craie, chou, friture, encre fraîche, naphtaline et chien mouillé. Des lampes s'allumèrent au premier, car le ciel était très sombre ; des ombres balayèrent les vitres. Le conseil de guerre siégeait. On se passait sans doute la caricature ; Sterne et Vissier s'en amusaient ; Caillard parlait du mauvais esprit de la classe ; Tourlaize disait que « de son temps... » ; Vérax observait un silence triste ; Baladier se désintéressait de cette affaire pour laquelle il n'arrivait pas à se passionner : pourquoi n'avait-on pas brûlé cette caricature au lieu d'en faire un scandale solennel? Feracci était un élève tranquille, négligent, pas ennuyeux ; le principal avait eu une idée bien déplorable d'aller découvrir ce dessin ; Rétine se trouvait mal à l'aise dans cette salle gênante qui sentait le parapluie mouillé et le papillon mort, loin des murs chauds, capitonnés de bons cigares, où le zouave du Job étale en couleurs sa jovialité contagieuse. Quant à Jupiter, digne et disert, il profilait sur la carte de France une ombre de vautour distingué qui se tournait tantôt à droite, tantôt à gauche, quêtant les joies de l'autorité.

Nous imaginions tout cela du préau où la pluie nous avait relégués, en regardant les fenêtres brillantes et en tâchant de bien détester les professeurs ; la tempête passait par rafales, secouant la pluie dont elle gonflait les courbes par places comme un tablier de bergère un jour de vent. Des petits pataugeaient dans la rigole débordante, pour leur agrément personnel ; à quatre heures vingt, Charron, le répétiteur stagiaire (« Qu'est-ce qu'il lui a dit? Qu'est-ce qu'il lui a dit? ») fit un signe à Feracci qui se détacha de son groupe ; il y eut instant de silence ; on le vit qui s'éloignait tout seul, comme un bateau dans la tempête, quittant la terre des camarades, la tête baissée sous la pluie, tout seul, toujours plus loin du groupe, à grands pas pour que ce fût plus vite fait ; il abandonnait notre sphère de protection, il approchait maintenant de la maison; il appartenait au champ d'attraction d'une autre planète ; l'auréole des grands proscrits brillait autour de sa silhouette quand il ramena ses cheveux mouillés en arrière et disparut dans la maison.

Il n'en ressortit qu'à cinq heures, au moment où nous entrions en étude. Il nous rejoignit là deux minutes pour prendre son chapeau et sa serviette.

— Je suis renvoyé pour huit jours, expliqua-t-il au milieu du brouhaha des pupitres en enfilant son pardessus. Au revoir, mon vieux. Au revoir, Battling. Alors à jeudi, à Mexico.

Il s'en alla à grandes enjambées ; la porte fit un courant d'air terrible ; les petits le regardaient partir, pétrifiés ; on le vit encore saluer Rétine qui venait prendre son service, et disparaître au coin de la vitre.

— Voilà le travail d'Erna Schnorr, commenta Battling en hochant la tête.

La vérité ressemble à la calomnie. On ne sait pas comment elle se répand.

Ce café qu'on appelait *A Mexico* ravissait nos esprits chimériques. La fantaisie de quelque géographe nostalgique avait dû lui valoir ce nom pompeux qui évoquait la fièvre jaune, les serpents et les métis, trompait sur son intérieur rustique et lui prêtait les couleurs romantiques d'une capitale du pittoresque tropical. Il s'élevait à une demi-heure de la ville, en bordure d'un chemin ; à ses pieds, les prés-vergers dévalaient en pente douce ; un vieux vallon d'un charme sauvage l'entourait d'un anneau vert dont les gazons faisaient songer à Télémaque ; le ruisseau qui coulait au milieu, et qu'on appelait le Riou Pierrou, charriait, disait-on, des grenats et des topazes ; des monts bleus et bas, couleur du soir, se suivaient à l'horizon comme des wagons de marchandises sous la fumée d'un long nuage plat, et semblaient transporter vers des haltes surnaturelles toutes les richesses spirituelles du département ; à leurs pieds, la préfecture, reine noire du caoutchouc, s'entourait de vapeurs chimiques comme sur les timbres-réclames ; mais dans la salle de ce café on pouvait voir sur une vieille affiche un chef Peau-Rouge nommé Lune d'Or, qui méditait près d'un petit temple couleur de brique, et la toile cirée de la table, dans la petite salle où nous nous réunissions, offrait aux regards les portraits de tous les rois de France, pleins d'insignifiance et de vide comme s'ils venaient attester la vertu des Pilules Pink. Je ne sais quel vieux charme rustique semblait monter des planchers de cette auberge, quelle hallucination tremblante se dégageait des prairies vespérales quand le premier brouillard s'élevait. On voyait au loin quelques becs de gaz patrouiller dans les faubourgs tristes où le camion d'un brasseur passe sans but entre des murs d'entrepôt fleuris d'affiches électorales que le vent déchire.

C'était à l'auberge de *Mexico* que, fumant en silence nos premières cigarettes, nous nous inventions des pays et des bonheurs qui n'existent pas ; c'était là que, souverains taciturnes, nous régissions des empires surnaturels. C'était là que nous lisions Toulet, Levet, Laforgue, que nous commentions l'existence et que nous nous illusionnions d'une façon méritoire sur les qualités du rhum-fantaisie. Les premières heures du soir, lavant le monde des réalités diurnes, dégageaient de la campagne visionnaire une sorte de mythologie rustique qui renouvelait la planète pour notre usage personnel. Bien que les éléments traditionnels de la féerie n'eussent absolument rien à voir dans ces histoires, il se passait là entre chien et loup d'étranges choses : le principal, travesti en personnage légendaire, venait rôder sur la prairie, modifié au gré de nos désirs suivant les besoins des épisodes burlesques dont il devenait le héros ; c'était un homme plein de fantaisie, avec des organes démontables, comme Joseph, l'écorché de la salle de dessin ; il avait un nez du dimanche, un nez du jeudi, des oreilles en bois d'ébène pour tous les jours, et en ivoire pour les fêtes, il tenait des discours loufoques et poétiques avec un personnage énigmatique qui gardait les chèvres de la ferme, mi Juif-Errant, mi Loup-Garou ; nous appelions ce berger sauvage le Vieux Gentleman de la Vallée ; il était vêtu d'une limousine et répandait une odeur de bouc. Le sachem nommé Lune d'Or daignait aussi parfois se décoller de son affiche pour se mêler à leurs entretiens ; il prospectait avec un grand flegme dans les sables du Riou Pierrou ; le Père Ubu donnait des galas vénitiens et des fêtes nautiques à grand renfort de gondoles et de lanternes ultra-violettes ; il présidait des fêtes bizarres enrichies de rites compliqués ; le principal avec ses membres de fête, en bois verni rayé de vert et de rouge comme un bilboquet somptueux, devait satisfaire aux épreuves nécessaires pour être admis dans la confrérie des Palotins, tandis que le chœur entonnait l'hymne célèbre :

L'oreille au vent, en rangs pressés,
On marche d'une allure guerrière,
Et les gens qui nous voient passer
Nous prennent pour des militaires ;

Nous boulottons par une charnière,
Nous nous servons d'un robinet
Et nous respirons l'atmosphère
Au moyen d'un tube coudé.

Bref, c'étaient des soirées charmantes au profit de l'imagination.

Depuis ce temps, plusieurs d'entre nous sont entrés dans la tombe étroite, dans le garde-à-vous solennel de l'au-delà. Le vieux gentleman sauvage de la vallée saugrenue ne pourra plus ressusciter pour les survivants les fantasmagories aimables de cette époque ; l'ombre des camarades disparus, ceux pour qui le ciel de cinq heures a peut-être tenu ses promesses, a envahi cette marge extra-terrestre des prairies de *Mexico*, et ce sont des sortilèges plus tristes qui hantent à la première étoile ces pelouses inspirées. J'aime à songer que, s'ils reviennent sur ces gazons miraculeux, le père Ubu, le vieux Sachem autoritaire, et le gentleman rustique qui leur donnait toujours raison ont mis un crêpe à leur tambour de basque ; que, s'ils parlent, dans le brouillard, à voix plus basse, du temps où nous leurs prêtions vie, c'est des morts furtifs qu'ils s'entretiennent, pour la gaîté qu'ils ont emportée avec eux dans leur guérite horizontale, pour l'amitié qu'ils nous avaient donnée ; c'est pour eux, pour guider leurs pas dans l'ombre amère que le vieux Sachem allume son feu sur la prairie, qu'Ubu l'attise avec son crochet fantastique et que le vieux gentleman taciturne étend à terre sa limousine couleur du temps ; pour qu'approchant de la flamme rouge leurs mains d'ombre, lavées par les eaux du tombeau, leurs pieds gelés, leurs jambes grises, et ces pauvres têtes épouvantables d'où les vers sortent par les yeux, ces crânes chauves, poreux et fragiles, les copains, au soir de la rentrée, voyant le collège amarré sur l'horizon comme une vieille barque, se souviennent des destinées de l'équipage dispersé en entendant monter la relève · ces longs bruits de carrioles paysannes qui amènent les petits ruraux silencieux sur le territoire de la science, dans la cour pleine de feuilles mortes, de vent et de nostalgie.

... Jeux du brouillard sur les herbes amères, prestiges des jeudis lointains...

Le jour où Manuel me raconta là-bas son aventure avec Erna, la mort qui marche à pas trompeurs sur les pelouses n'avait pas encore terni de son haleine les prairies de Mexico ; l'herbe brillait, toute fraîche de pluie, drue comme la force de nos jeunesses ; l'arc-en-ciel bâtissait un viaduc double, beau comme un démenti à l'expérience humaine ; ce miracle — un effet d'optique — nous autorisait à tout.

Malgré son renvoi récent et les larmes de sa mère, Manuel, fort d'un tel exemple, se disait que tout irait bien. Il parlait avec une décision confiante et une petite exagération de détachement qui ne peut pas tromper à distance. J'ai tâché de reconstituer son histoire comme celle de Battling.

Quand Erna était revenue de Berlin dans la petite ville après son entrevue avec le docteur Meyer-Fehr, elle était bien persuadée qu'elle allait mourir dans la quinzaine. Elle y mettait un entêtement de femme et voulait à toute force se faire enterrer ici. J'ai déjà dit qu'elle considérait l'existence végétative des sous-préfectures comme une chose extravagante, désirable et rare, qu'elle n'avait pas eu la chance de connaître, ayant passé toute sa vie, quoi qu'elle fît pour conserver sa solitude, dans la société d'excentriques, d'aventuriers, de snobs, d'esthètes, de critiques à paradoxes, d'artistes un peu loufoques, de difficiles et de raffinés. Elle voulut se rattraper après sa mort ; elle souhaita de partager au moins dans la tombe la société, le sort moyen, des confiseurs, des chapeliers, des petits fonctionnaires, des commerçants honorables et des receveurs retraités. Le tombeau de Chateaubriand lui fit horreur dans sa solitude orgueilleuse ; elle voulait se caser discrètement parmi des morts au passé médiocre, haïssant jusqu'à l'anonymat qui aurait pu distinguer sa tombe ; là enfin, il faudrait bien qu'elle fût acceptée par la société de la petite ville qui semblait ne pas vouloir d'elle de son vivant ; elle en deviendrait un membre banal dont personne ne parle plus que des autres.

Un soir donc, elle monta la petite rue triste qui mène vers le cimetière, dans un faubourg mi-ouvrier, mi-paysan, et les commères qui perlaient du tulle sur le pas de leurs portes la regardaient passer par-dessus leurs lunettes en disant : « Y en a qui se promènent... », d'autres : « Faut bien de tout pour faire un monde », d'autres encore : « Les Allemands, vois-tu, ma pauvre, au fond, c'est du monde comme nous ». En approchant du cimetière, on voyait les maisons s'espacer, séparées par de grands paysages gagnés par la première ombre du soir. Sur l'avant-dernière de ces bâtisses, derrière une cour encombrée de blocs de granit et de grosses pierres, elle lut l'enseigne de l'oncle de Manuel : « Victor

Feracci, Marbrier, Monuments Funèbres » ; il y avait des lézardes dans le plâtre, et la peinture des lettres s'écaillait ; elle traversa la cour, entra dans un couloir sombre, déboucha dans une deuxième cour, et se trouva brusquement devant la pleine campagne. Il s'en dégageait une atmosphère de douceur sombre, de sauvagerie bienveillante, de haute mélancolie ; on éprouvait l'impression que le temps s'abolissait sur ces pentes, qu'on les avait vues quelque part, en rêve ou dans une vie précédente, qu'elles contenaient le secret indéchiffrable d'un bonheur. On se sentait au bord d'un autre monde, en dehors de l'espace et du temps. Une route descendait jusqu'à une bifurcation blanche, près de laquelle la devanture de Mexico posait une flaque d'or dans le flou. Le soir qui va vite comblait déjà d'ombre les vallées, les cimes devenaient plus énigmatiques et des points s'allumaient dans les creux. L'odeur amère d'un genévrier, le tournant mystérieux d'une route, vous introduisaient brusquement l'âme dans des royaumes inidentifiés. Des personnages qu'on ne trouve décrits dans aucun livre devaient rôder par les domaines avec des costumes de l'ancien temps ; c'était l'heure où les chasseurs de trésor se préparent à partir en campagne, où les hommes charitables qui se dévouent dans des chaumières pour la famille d'un ami mort sentent tout le poids de leur sacrifice, où les garçons qui veillent dans un précipice sur le cadavre d'un camarade voient venir la détresse et la faim : c'était l'heure de la montagne romantique. Pour échapper à ces sortilèges, il fallait mourir de la mort vaniteuse des confiseurs.

La cour était pleine de pierres de taille. A droite, Erna vit un hangar immense crevé par de grandes baies vitrées, pareilles, sur cet horizon, à une galerie de tableaux. Elle entra ; la pénombre était pleine de formes blanches, de croix, de statues, de monuments riches ; Victor Feracci était le marbrier le plus recherché de la ville. Un jeune homme se tenait debout, en blouse blanche, à contre-jour ; il regardait par une fenêtre ; le bruit des pas le fit se retourner ; il avait des yeux d'Italien, un grand front lisse qui accrocha la lumière au passage ; quand il fut complètement tourné vers elle, elle ne vit plus que sa blouse et ses yeux.

Elle expliqua qu'elle venait pour un tombeau.

— Bien, Madame. J'en parlerai à mon oncle, demain matin.

— Il me faudrait quelque chose en stuc, en albâtre, en marbre et en béton armé ; avec des inscriptions, des dorures, des bas-reliefs et des surcharges, quelque chose d'horriblement prétentieux, des volutes rococo, des fioritures, des coquilles ; c'est pour passer inaperçu. Vous voyez bien ce que je veux dire? Un tombeau de négociant orgueilleux.

— On pourrait vous faire, dit Manuel en souriant, le modèle numéro un, comme sur la tombe de Monsieur Sauvaize, le gros pépiniériste ?

— Oh ! oui ! comme pour Monsieur Sauvaize, exactement. J'aurais tant voulu épouser un pépiniériste. Ajoutez donc une cage en verre, des urnes en zinc doré avec des fleurs en perles, un prie-Dieu et un arrosoir compliqué.

— Pourquoi pas? Et une réclame lumineuse ; l'électricien vous arrangera ça.

— Non, répondit-elle avec un sourire ; c'est pour avoir un tombeau pareil à ceux d'ici. Pourriez-vous me le faire? Assez vite?

— Pas moi, madame ; mais nous avons ici, j'ose le dire, des ouvriers d'un mauvais goût surprenant ; ils aperçoivent du premier coup la faute à faire, et ils la commettent immédiatement ; c'est un instinct qu'ils ne discutent pas ; aussi on les apprécie beaucoup, on les recherche, et, si vous persistez dans votre idée, vous serez vraiment gâtée ; mais...

Erna s'était mise d'une façon subite à ressembler étonnamment à son portrait du *Querschnitt*.

— ... Mais est-ce là un tombeau pour Erna Schnorr?

— Comment me connaissez-vous, demanda-t-elle?

Cet air renseigné des gens de la petite ville l'agaçait comme un espionnage.

— Par vos portraits du *Querschnitt*.

Tout de même. Ses renseignements ne venaient pas du cru. Il lui déplaisait moins maintenant d'avoir été reconnue par ce garçon qui ressemblait à Bonaparte, en plus maigre ; ce regard fiévreux, ce teint trop pâle... ; on en ferait peut-être un excellent médium. Décidément, il avait tout à fait la tête de Julius Koerner, le spirite du Cirque Busch ; on pouvait l'utiliser.

— Vous êtes parent de l'antiquaire de la rue Magenta?

— C'est mon père. Il vous a vendu un Dürer. Il m'a fait voir une reproduction en couleurs de vos *Enfants du Zodiaque.* Vous êtes heureuse de pouvoir faire des choses pareilles.

— La reproduction n'est pas très bonne, dit-elle. Les valeurs sont un peu perdues. Et puis, maintenant, j'ai des toiles plus belles. Vous viendrez les voir si vous voulez.

— Merci, Mademoiselle.

Elle le dévisageait avec curiosité, sans gêne, à la fois comme un lézard dans une vitrine et comme un excellente occasion. Une Française, à sa place, aurait eu l'air coquette ou effrontée ; chez elle on avait plutôt l'impression d'une curiosité scientifique jointe à un plaisir enfantin. Manuel fut un peu gêné ; il tourna le bouton électrique pour se donner une contenance. Le hangar, subitement nettoyé des richesses de son clair-obscur, prit une allure pauvre et rigide ; Erna Schnorr, au milieu de ces pierres froides, procurait une sensation de luxe, d'élasticité, de bonne odeur ; il songea aux danseuses en fourrures qui viennent voir Charlot dans la cabane du chercheur d'or.

Ils n'avaient en somme plus rien à dire, et cependant elle restait là ; Manuel sentit qu'autre chose commençait. Que fallait-il dire, ou faire, pour n'avoir pas l'air trop nigaud? A tout hasard, et bien que cette commande de tombeau ne lui parût pas bien sérieuse, il déclara pour meubler le silence :

— Si vous permettez, Mademoiselle, je passerai jeudi prochain dans l'après-midi pour vous donner la réponse de mon oncle et vous proposer les modèles qu'il pourrait faire exécuter.

— C'est entendu.

La lumière éclairait dans un coin quatre rayons de bois de sapin garnis de statuettes en terre cuite et de bustes en pâte à modeler. Erna les regarda avec intérêt.

— C'est amusant, ces choses-là, dit-elle. C'est votre oncle qui les fait?

— Non, répondit Manuel, c'est moi, Madame.

Il était gêné qu'un œil étranger pénétrât dans l'intimité de ses imaginations sculpturales, mais flatté du sourire d'Erna. Ces statuettes étaient destinées à amuser les camarades ; il y avait là les caricatures du principal, du sous-préfet, un père Ubu traité en forme de pingouin, des animaux fantastiques modelés d'une façon géométrique, des licornes, une

Salomé serpentine dansant pour un Hérode mafflu, tout un petit monde assez extravagant et burlesque dont la fantaisie réaliste amusait Erna.

— Les Français ont l'imagination plastique, affirma-t-elle. Quel est celui-là?

— C'est le père Ubu.

— Qui est-ce?

— Un professeur de physique qui a occupé le trône de Pologne, déclara-t-il en souriant. Un monsieur fantasque, sanguinaire et complètement tapé. Un personnage légendaire ; comme Don Quichotte, si vous voulez. C'est le fétiche de la classe.

— Ah ! fit-elle. Il est charmant.

Elle caressa le ventre du père Ubu qui était lisse comme un monstre marin.

— Je l'ai aussi en lampe électrique.

Il alla prendre l'Ubu électrique sur un rayon ; l'Ubu électrique soutenait de son bras-nageoire un parapluie de soie rouge qui formait abat-jour et une tête piriforme qui distribuait la lumière à travers de gros yeux loufoques. Erna éteignit les lampes du plafond. Ils restèrent dans le clair-obscur fantastique sous la surveillance transcendantale du père

Ubu qui s'arrondissait sous son parapluie comme une grenouille.

— Faites-moi cadeau de la lampe, dit Erna, je vous donnerai une aquarelle.

— Oh ! merci, fit Manuel.

Il était heureux de cet échange qui le liait à l'étrangère dont il admirait les œuvres et à laquelle il était reconnaissant du tour amical que prenait la conversation. Erna regardait une ébauche.

— C'est le monument de M. Barat, expliqua Manuel. Un ancien élève du Collège ; il a fait fortune aux Iles, dans le cacao, et en mourant il a légué un gros capital à l'hospice et fondé un prix de philosophie pour les élèves du collège, une médaille d'argent dont le modèle est déjà accepté : d'un côté les grands établissements Barat, comme sur les vignettes de ses boîtes, avec des perspectives truquées, et de l'autre Barat en buste, avec un casque colonial et une grande barbe, prêt à attester que ses produits sont les meilleurs ; une inscription en auréole : « Honneur à la Philosophie ». C'est Chougueyrand, le sculpteur, qui a établi la maquette ; le Conseil municipal était complètement emballé. On va dédier à Barat, pour le remercier de ses générosités, un petit monument sur la Grand'Place et une rue Emile Barat. Le monument a été mis au concours, et c'est encore Chougueyrand qui aura la commande, parce qu'il pratique la « sculpture psychologique », c'est son bateau. Moi, j'ai fait cette maquette pour m'amuser : le socle, ce sera une belle boîte de cacao, fidèle comme une photographie-réclame ; et là-dessus un Barat en pagne faisant des haltères avec deux autres boîtes plus petites ; en les creusant, ça pourra donner un candélabre à la gloire du cacao. Si j'avais eu un modèle, j'aurais peut-être essayé de concourir sérieusement ; quelque chose d'allégorique, bien que ce soit en général un peu fade ; mais une belle négresse, assez stylisée... ; mon père a des masques magnifiques qui m'auraient aidé... ; et des bas-reliefs avec des choses tropicales ; il y a de jolis motifs dans les fruits exotiques. Mais pour trouver des modèles ici, des négresses ! et mêmes des blanches !

— Pourquoi pas ? dit Erna qui le laissait aller sans l'interrompre ; quand on est joli garçon...

Elle l'avait regardé bien en face. Il s'imagina que, si elle avait mis une arrière-pensée dans ses paroles, elle l'aurait regardé hypocritement ; il n'osa donc pas répondre comme à une provocation. Il rougit un peu, embarrassé, et laissa la question sur le plan professionnel en se reprochant de n'avoir même pas su trouver quelque chose d'aimable à dire.

— Pas de modèle, c'est bien gênant ; je suis forcé, pour m'en tirer, de tourner la difficulté en faisant une caricature, comme cette Salomé que je n'aurais pas voulue humoristique. J'ai bien été obligé.

— Il faut travailler, dit-elle. Quand je pense au temps que j'ai perdu ! Il y a longtemps que vous modelez ?

— Je suis toujours venu m'amuser dans l'atelier de mon oncle. Mais il n'y a rien à y apprendre.

— Vous viendrez chez moi, dit-elle. Je vous ferai connaître Stelle. Il vous donnera des conseils.

Qu'Erna Schnorr le traitât sur ce ton amical, Manuel en restait émerveillé. La laideur, ou plutôt l'étrangeté du visage de la Berlinoise, avait complètement disparu ; et puis était-elle vraiment laide ? Dans la lumière confuse que répandait le père Ubu, elle apparaissait mystérieuse, douce, luxueuse et parfaite ; Manuel songeait à l'*Invitation* de Baudelaire. Et peut-être ne lui déplaisait-il pas que le poète eût songé à parler du luxe en même temps que de l'amour. Manuel avait à Marseille des cousins bruns, avec de longs cils noirs, qui se promenaient dans des automobiles silencieuses et qui lui avaient un peu parlé de la vie ; les dames remarquaient leurs profils d'imperators, leur nonchalance et leurs mains fines... Maintenant, il ne se sentait plus gêné.

— La rue est pleine de trous, Mademoiselle ; permettez-moi de vous accompagner.

Il ordonnait déjà.

— Mais bien sûr !

Il enleva sa blouse, se lava les mains et ils partirent.

Le lendemain, cette promenade inoffensive constituait un scandale public.

Cependant, le père Feracci n'en avait pris nul ombrage ; c'était un vieux bonhomme narquois qui avait débuté dans l'existence en vendant de petites statues de plâtre dans un grand panier et qui était arrivé à force de chance, de volonté, de finesse et de savoir. Son frère aîné, devenu marbrier dans la petite ville, lui avait trouvé une fiancée riche dont il avait converti la dot en antiquailles avantageuses ; le commerce avait prospéré ; de temps en temps un « ou » ou un « z » rappelait, au tournant d'une phrase, les origines étrangères de M. Lazare Feracci, mais c'était une sorte de grâce dans sa bouche savante de vieil homme expérimenté. Très averti de l'art moderne, il avait été flatté que son fils pût fréquenter une artiste de la qualité d'Erna Schnorr, malgré les observations assez aigres de sa femme, qui ne voyait dans « cette danseuse » qu'un instrument de perdition. Le père Feracci avait soutenu son fils avec une douceur obstinée. Il comptait sur l'influence d'Erna pour former d'une façon définitive le goût hésitant de Manuel ; que les enseignements de l'artiste fussent mêlés de considérations plus ou moins hétéroclites sur le bouddhisme, les tables tournantes, la théosophie, les corps astraux, la cabale, la nécromancie, le végétarisme et la morale de l'exceptionnel, c'était pour lui de peu d'importance ; « elle lui tournera la tête », déclarait Mme Feracci avec désespoir ; mais il pensait que c'était faire tort à la cervelle du fils d'un père tel que lui ; d'ailleurs, il goûtait personnellement l'abracadabrant avec prudence ; qu'Erna Schnorr eût pour Manuel un caprice, il ne voulait pas s'en mêler ; et puis, c'était une femme d'expérience qui n'entraînerait pas le jeune garçon dans des aventures ennuyeuses ; quant aux cancans, il avait trop d'argent pour ne pas s'en moquer.

Les airs méfiants de Mme Feracci et les histoires de la petite ville qui rendaient Manuel coupable d'avance achevèrent l'œuvre des leçons de dessin. Le jeune homme pensa qu'il eût été bien bête de ne pas jouir des avantages d'une situation dont on lui prodiguait les inconvénients. Erna devait avoir près de trente ans ; elle s'ennuyait ; Manuel n'en avait pas dix-huit ; le père Ubu éclaira donc de ses yeux loufoques, dans la pénombre confortable de l'atelier d'Erna Schnorr, les applications pratiques de la morale de l'exceptionnel. Le goût d'Erna en fut accru, celui de Manuel assouvi, mais son amour pour le travail s'en fortifia et aussi le côté camaraderie qui constituait, avec l'admiration, le meilleur de son affection pour l'artiste ; se devinant le plus fort puisqu'il était le moins amoureux, il se livra à des expériences qu'Erna sut d'ailleurs arrêter à temps, mais qui constituèrent à Manuel un premier petit bagage psychologique dont il sut sans doute plus tard tirer parti. Le monument Emile Barat faisait des progrès étonnants ; l'œuvre s'annonçait intéressante. M. Lazare Feracci était content.

Manuel me raconta tout cela d'une façon beaucoup trop discrète pour que je pusse à cette époque me former une idée d'Erna ; je n'en voyais, quant au moral, qu'une image confusément reconstruite en combinant les reflets très flous que m'offrait la pudeur de

Manuel avec certains éléments de la caricature menteuse dont Battling soignait les détails faux. Je l'imaginais immuablement au reste sous la forme qu'elle avait revêtue quelquefois pour nous à la récréation de quatre heures : debout sur un mur orné de vigne-vierge, regardant du côté de l'étang, avec des cheveux dorés coupés court sur une nuque frêle, et un sweater de laine blanche. Mais, maintenant, c'était moins l'enseigne de notre espoir qu'une affiche-réclame assez riche en l'honneur de Manuel.

— Et que t'a-t-elle dit de ton renvoi?

— Elle m'a dit : « Pourquoi restais-tu chez ces gens-là? Ton directeur a la tête de Jacob Kaplan qui a inventé le prisme littéraire d'après lequel Robespierre est rose-saumon ; — Konrad Ferdinand Meyer hésite entre le jaune et l'orange. — On ne fréquente pas ces gens-là. Avec ce collège, tu n'as jamais le temps de travailler. La vie est tout de même une chose sérieuse. Songe que tu auras bientôt dix-huit ans ».

Battling ne parla plus d'Erna Schnorr. Il n'en avait jamais parlé, au reste, à moins qu'on l'interrogeât, et maintenant nous évitions avec précaution un sujet d'entretien qui lui eût été pénible. Il avait appris dès le début, par les soins de la rumeur publique, que Manuel fréquentait la maison d'Erna, et ce qu'on en disait en ville ; mais il savait à quoi s'en tenir sur l'authenticité des nouvelles qui traversaient la localité, et, comme les bruits les plus scandaleux avaient couru au moment du départ d'Erna, à une époque où, fréquentant les Contade, il savait pertinemment que Manuel ne venait jamais chez elle, les médisances qui avaient suivi l'avaient presque aussi peu inquiété que les calomnies du début. Au vrai, il réservait toute sa jalousie pour les peintres et les esthètes qui arrivaient par le chemin de fer. Leur succès lui semblait plus vraisemblable. Comment avait-il donc appris le motif du renvoi temporaire de Manuel? Mystère. Il avait cru bon, en tout cas, de me faire comprendre qu'il n'était pas dupe, le jour où Manuel nous avait dit adieu ; mais, depuis, il n'avait rien ajouté à son commentaire. Le lendemain, il n'était pas venu à *Mexico*, ni le jeudi suivant ; le reste de la semaine, il se comporta normalement, à ceci près qu'ayant bâclé les premiers jours ses devoirs de science qui ne lui coûtaient jamais d'effort, il s'adonna ensuite en étude à des lectures que le principal eût qualifiées de frivoles, au lieu de peiner sur les dissertations françaises, les devoirs d'allemand et autres littératures, comme il le faisait autrefois. Il ne cherchait plus à vaincre son dégoût naturel pour les exercices de mémoire et les discussions d'idées. « C'est de plus en plus lamentable », gémissait agressivement Tourlaize en lui rendant un devoir d'une demi page sur l'importance de l'inspiration amoureuse dans Musset. « Vous me faites l'effet navrant d'un éléphant qui accoucherait d'une crotte de bique ». Se doutait-il qu'aucun de nous n'eût pu égaler le lyrisme sincère de Battling?

Quand Manuel revint au collège, Battling devint de plus en plus sombre. « J'en ai soupé de la boîte, disait-il. Mon parrain voudrait me faire faire une licence après le bac. Ça n'en finit plus. Je m'engagerai l'année prochaine. » A vrai dire, il ne pouvait plus supporter l'ambiance de l'école ; il rêvait de crever son corps de fatigue et de sortir de là, de n'être plus obligé d'aller passer jeudis et dimanches chez les Contade, sans Emile, dans la maison d'Erna Schnorr, où il voyait entrer Manuel, et de remarquer certains matins les yeux battus de son camarade, et cette allure d'aisance négligente qui lui pesait comme une insulte à sa lourdeur. Il voulait s'éloigner de cette atmosphère dont il souffrait.

S'était-il ouvert à Baladier de ses projets militaires? On découvrit subitement à Rétine un passé colonial frivole, joli, coquet, colorié, verni comme une image sur un plumier neuf. On n'imagine pas les extrémités lamentables auxquelles le désœuvrement peut pousser les provinciaux qui s'ennuient : sans aptitudes pour la calomnie quotidienne, trop pauvre pour se faire client professionnel de la Manufacture de Saint-Etienne, Rétine sauta sur l'occasion d'enseigner le clairon à Battling. Il grandissait dans nos curiosités intéressées. Désormais, tous les jeudis et tous les dimanches, quand il n'était pas de service au collège, on le voyait arriver de son pas tranquille au fond du jardin des Contade ; il déposait lentement son parapluie sous la tonnelle, enlevait posément sa gabardine kaki, son chapeau de feutre, et prenait solennellement le clairon tout neuf aux pompons tricolores que Battling lui offrait comme l'encens à un dieu. Il inspectait soigneusement l'embouchure, posait le poing gauche sur la hanche, se campait souplement sur les jambes, exécutait un moulinet parfait, et sonnait un réveil en fantaisie qui faisait trembler les toiles d'Erna Schnorr. Sur quoi Battling essayait une imitation bien pâle, et puis la leçon commençait. Mme Vachette en était délaissée. Ne pouvant plus prendre le vermouth traditionnel à cause d'une hépatite chronique, Baladier avait trouvé dans le clairon une façon de se remémorer sa jeunesse ; il sonnait le rappel de ses souvenirs ardents : congaïes respectueuses, femmes faciles, Toulon, Marseille et Rochefort. Battling, lui, s'efforçait de sonner l'oubli, la délivrance, le mépris de ce qui n'est pas la joie. Ils s'en donnaient à pleine gorge comme des coqs qui auraient pondu un œuf ; on avait envie de chercher dans l'herbe.

Erna Schnorr écrivait au docteur Meyer-Fehr : « Dans les Korps d'étudiants français, on adore un fétiche nommé Ubu, un professeur de physique, paraît-il, qui a régné sur la Pologne, et qui a la forme d'un pingouin ; c'est une coutume que je trouve charmante. J'adore les maîtres d'école français ; ils ont de grandes barbes comme Alphonse Daudet ; le soir, ils se réunissent familièrement dans de vieux jardins avec leurs meilleurs élèves, et ils leur apprennent à jouer du clairon... »

Cette leçon de musique militaire donnée par le regret barbu à l'espoir imberbe prenait, sur le couchant groseille, la valeur d'un symbole désolant.

Les premiers muguets refleurirent sous le genévrier du petit pré ; les marronniers Louis XIV, en bordure du vieux collège, s'ornèrent de grappes roses comme une belle tapisserie de salle à manger ; les professeurs, avertis par ces signes infaillibles de la nature, s'aperçurent qu'il était temps de faire aborder aux élèves de seconde, — déniaisés deux semaines avant Pâques par le devoir sur le sentiment patriotique dans Horace, — cette friandise sans amateurs sincères qu'on appelle le « vrai devoir de baccalauréat » ; alors une torpeur pesante, une fringale de romances frivoles et un grand dégoût des mathématiques se mirent à travailler les collégiens amarrés aux vieux pupitres comme des bœufs à la crèche, une sorte de nostalgie lancinante, semblable à ce vague regret de la prairie qui tourmente le gros bétail dans les étables. Les répétiteurs en canotier, pleins d'expérience et de lassitude, connurent que le troisième trimestre était là ; ils prirent leurs cannes à bec d'argent et leurs souliers de toile ; c'était l'époque où le café-crème se voit délaissé pour le bock.

Une atmosphère de grand dimanche se déployait dans les cours et les salles comme une bannière d'orphéon ; le soir, on entendait monter de la rue les chansons des petites filles aux yeux graves qui ont mangé la soupe sur un banc de bois avec leur grand-père, devant la fenêtre, sous le pot de réséda. « Chaque demoiselle aura son serviteur », chantaient-elles ; le collège se sentait plein de serviteurs.

Les rondes fraîches coulaient dans l'ombre comme une fontaine dans un grand bois. Les tilleuls sentaient la tisane, et le receveur des postes portait un pantalon blanc. Le dimanche, on croisait en promenade de belles filles qui allaient trois par trois d'un air moqueur, en se tenant par la main ou par la taille; elles sopranaient des romances sentimentales, et, lorsque nous passions près d'elles, elles nous regardaient en riant. Des chansons il y en avait pour tous les goûts, pour tous les âges, tous les temps et toutes les humeurs ;

il y en avait pour tous les externes, le jeudi, jour du grand marché ; il y en avait pour tous les pensionnaires, car les externes les leur apportaient le vendredi. Elles étaient ornées d'images en couleurs et enrichies d'ornements frivoles ; on les achetait à un flûtiste chauve qu'un vieux monsieur, très digne, en cache-poussière, accompagnait avec un grand sens du tragique sur une harpe dédorée ; une dame enrouée, en bonnet de police, se promenait au milieu du public pour exciter les passions musicales en faisant tinter de gros sous dans une sacoche de cuir.

Mais, le samedi soir, c'était le *Café de l'Alhambra* qui sonnait pour tous les bourgeois de la ville, par la voix d'un jazz-band de trois artistes, le rappel des nostalgies vespérales et des enthousiasmes du canton ; ce café devenait pour un instant le cœur musical de la commune, la conscience artistique de l'arrondissement, le pôle des romantismes latents, l'aiguillon des vertus viriles, le narcotique des scrupules féminins. Quand il préludait dans la nuit tombante tous feux dehors comme un paquebot prêt à partir, je songeais au naufrage du *Titanic*, à cet hymne qui salua la nuit dernière... Petit café, barque sonore et lumineuse, vers quelles latitudes extra-terrestres, vers quels naufrages surnaturels emportais-tu sur ton rythme flasque la sous-préfecture inspirée? Les promeneurs, soudain saisis, s'arrêtaient sous les marronniers du Tribunal, tendaient l'oreille, se faisaient mutuellement signe de se taire et s'appuyaient en arrière sur leurs cannes, avec un sourire de dégustateurs. Quand le raffût battait son plein sous les étoiles et que le juge suppléant revenait de sa promenade en fumant un Picaduro, distrait, il buttait sur une pierre, frémissait comme une jument de trompette et repartait sur un rythme plus fringant ; son dos s'éloignait dans la nuit, soumis aux lois d'une valse despotique. Il n'était pas jusqu'au placide Rétine qui, se souvenant brusquement du mess de Port-Louis où il passait pour savoir filer la romance, ne fredonnât un air badin de son époque pour Mme Vachette attendrie ou inquiétée :

J'ai fait une escarpolette
Là-bas au fond du jardin...

Il y avait au *Café de l'Alhambra* de belles tables de marbre serties de nickel, avec aussi des bocks mousseux, des chaises pliantes et des imitateurs venus de la préfecture qu'on promettait pendant toute la semaine sur de belles affiches bariolées : un imitateur de Polin, un imitateur de Dranem et un imitateur de Chevalier. Devant le dernier, les commises s'arrêtaient d'un air rêveur, et, le soir où vint Céline, l'équilibre sentimental de la ville sembla définitivement atteint ; le songe avait trouvé son centre de gravité ; le désir vague ; son polygone de sustentation ; la sous-préfecture, longtemps humiliée par les grandes villes, semblait avoir pris du galon. Elle possédait son imitatrice de Mistinguett. Les drapiers riches, les banquiers affables, les bourgeois les plus vertueux, se mouvaient avec plus d'aisance dans un décor qui se haussait jusqu'à eux. Le premier soir où chanta Céline, donnant le la de tous les rêves, les lauriers-roses dans leurs caisses vertes passèrent aux yeux des pensionnaires pour les barrières du paradis d'Allah. La bonne volonté faisait merveille.

Céline, Céline, avec ta belle poitrine d'avant-guerre, ton fard rose et blanc, ta nuque grasse où la sueur posait des perles sous tes cheveux coupés, avec les gestes maniérés de tes mains courtes et le regard tyrannique de tes yeux, quelle autre que toi aurait plus ardemment réussi ce tour de force de prêter cette courbe Louis XV, cette allure mousseuse et frivole à des chansons américaines qui sortaient subitement de ta bouche frisées comme des premières communiantes ou dramatisées par l'art exigeant de ta stylisation pathétique qui transformait les claquements de castagnettes en frissons d'alto ! Le jazz devenait attendrissant comme un vieux souvenir d'avant-guerre, ô Céline, quand tes révérences semblaient plonger dans des paniers roses pour l'extase d'un public confiant.

— C'est comme si on avait vu danser Joséphine Baker, affirmaient des consommateurs intimidés.

Les becs de gaz prenaient une flamme rose dans le crépuscule gris-perle, ce soir de dimanche, à travers la vitre de l'*Alhambra*. L'avenue Lombescure, entre ses platanes, nous apparaissait provisoire et chère comme une jetée qu'on va quitter pour s'engager vers la pleine mer dans un bateau gonflé de musique. Nous entourions avec Manuel, Battling, Chougoueyrand et un félibre une petite table de marbre couverte de cinq bocks neige et or. Un léger parfum de caporal flottait agréablement dans l'atmosphère et la bière prenait sur la langue un petit arrière-goût de buis. Chougoueyrand, auquel son propre génie donnait parfois des vertiges, discutait pour le moment avec une autorité bon enfant des questions de politique extérieure et d'art local. Le félibre avait une tête appétissante de fruit confit qui luisait comme une cerise dans le coton de sa barbe blanche et de ses cheveux frisés. Ses petits yeux malicieux glissaient comme des billes bien huilées derrière ses paupières un peu lourdes. Dans nos cantons, le félibre pullulait. L'exemple avait été donné par un poète de talent qui avait composé sur ses vieux jours quelques comédies charmantes. Depuis cette époque, des vieillards aimables pensaient avec prosélytisme que l'emploi de la langue patoise suffit pour donner du talent ; des cotisations de cinq francs pouvaient d'ailleurs aisément suppléer à la connaissance du dialecte. Ils parlaient une langue hermétique, perméable cependant aux érudits : si les paysans n'arrivaient pas tout à fait à la comprendre, une année de latin, même un peu négligente, permettait de la saisir sans effort. On n'imagine pas le tort que l'exemple du grand poète joint à la bonhomie grammaticale de l'idiome félibréen avait fait à l'honnête jardinage dans notre arrondissement exalté ; c'était une vraie désolation pour la tomate qui exige des soins assidus. Ils étaient cinq ou six dans la salle qui, parvenus à l'âge de la retraite, s'étaient mis à l'instar du félibre de notre table à apprendre sur la soixantaine leur langue maternelle, comme ils disaient, et à se féliciter entre eux de cette bonne idée. Le plus fort était un Parisien égaré dans nos montagnes et qui remportait tous les prix : les autres l'appelaient « l'Annexé ». Il était chargé dans les réunions de représenter la conscience régionale et tyrannisait le patron de l'*Alhambra* pour lui faire changer son enseigne et félibriger son programme ; il s'agissait particulièrement de « maintenir » des traditions locales perdues depuis quelque cent ans par les paysans authentiques, mais qui n'en fleurissaient pas moins avec une vivacité charmante sur les cartes postales des villes d'eaux où se trouvent codifiées, comme chacun sait, les vraies lois de l'existence patoise.

Polin fit son apparition. Chougoueyrand, qui connaissait par cœur le répertoire, parlait sculpture à Manuel en s'interrompant de temps en temps pour accompagner l'artiste. Je m'instruisais des choses de l'art :

— Vois-tu, disait-il avec rondeur, il y a encore plus de communes qu'on ne pense qui n'ont pas leur monument aux morts. Ce n'est pas qu'elles ne soient pas riches ; les fonds seraient tout prêts pour payer. Mais on n'a pas compris ce qu'il leur faut. On leur propose la France avec des ailes, la Victoire avec des nichons pointus, des pyramides de casques, des faisceaux de baïonnettes et des tas de choses allégoriques qui ne leur ont jamais rien dit. A Salèze, je leur avais offert, moi aussi, une chose superbe : une grande diablesse de Victoire, bien bâtie, des seins fiers, des cuisses généreuses, avec une couronne de lauriers, debout devant un canon de 75 et croisant la baïonnette ; tu connais mon genre, le grandiose ; moi je fais noble, romantique, inspiré; si tu avais vu cet élan, ces muscles ; et l'idée! C'est quelque chose aussi, l'Idée ! En somme, c'était farouche et grand ; j'appelais ça le modèle n° 1, parce que c'est le plus cher et le plus beau. Eh bien, je n'ai jamais pu l'écouler, ce modèle, à Salèze pas plus qu'autre part! « — Et l'Art ? » que je dis au maire en le regardant bien en face. « — Y s'en foutent. Y veulent leur poilu. » Alors voilà, je leur fais des poilus, en série ; suivant les villages, je change le numéro de l'écusson : ça a une très grosse importance, j'ose même dire que c'est ma supériorité sur la concurrence, ne le raconte pas ; je leur colle le numéro du régiment dans lequel ils ont servi presque tous ; ils ne voient plus que ça dans la statue ; ça leur fait plus de plaisir qu'une belle femme avec des cheveux comme pour le pétrole Hahn et un grand paletot plein d'orage. Tu fignoles les molletières, les boutons, le sac, la musette, la grenade du casque ; servez chaud, c'est du pain vendu. Ils se reconnaissent : « Çà c'est nous ; c'est comme ça que nous étions. »

— C'est un point de vue très soutenable fit Manuel.

— En tout cas, j'en fabrique en série ; j'en ai placé trois la semaine dernière, et ce n'est pas encore fini.

J'appris ainsi pourquoi les villages s'ornaient inexcusablement d'une belle floraison de poilus raides comme des tuyaux de gouttières et pimpants comme des mannequins. Si ce n'était pas un triomphe de la sculpture, c'était du moins une victoire de la psychologie. Chougoueyrand les perpétrait, paraît-il, en toute hâte, avec l'aide d'un vieil ouvrier de Victor Feracci spécialisé dans la lettre majuscule.

Battling concentrait cependant toute son attention sur Céline qui consommait à la table de nos voisins et à laquelle Manuel accordait de temps en temps un regard négligent. Elle avait une voix un peu rauque qui râclait les nerfs comme une caresse, son épaule blanche était coupée par la bretelle noire d'une chemise. Battling fixait ce ruban en serrant les mâchoires. On venait d'applaudir l'imitateur de Chevalier qui, bissé, imita Mayol. Céline avait disparu dans les coulisses, emportant le plaisir de Battling dont le regard désœuvré se fixa tristement dans le vide. Il devait dramatiser la situation. Chougoueyrand faisait de la sculpture à haute voix, puisque aussi bien la sculpture à haute voix avait toujours été sa partie forte ; il tâchait pour l'instant de se remémorer le nombre de suffrages obtenus par les députés des différents partis dans le canton de Chagrolles.

— Majorité réactionnaire ? J'offre le modèle n° 4, le poilu debout, invincible, victorieux ! Majorité rouge ? Je préconise le 4 *bis*, le soldat mourant, le cadavre, la guerre sans compensation. Chagrolles pourrait bien être assez rouge... : on fabrique des couteaux, là-bas ; centre ouvrier. Mais il y a la chapelle du pèlerinage... Comment savoir ? Allez vous y reconnaître !... Ah ! quel métier, Monsieur Salayron, que la sculpture ; et dire qu'on nous envie !

— Chagrolles, expliqua Monsieur Salayron,

constitue l'un des plus vieux bastions de la tradition paysanne ; je me suis laissé dire par un collègue que le canton a très bon esprit.

— Monsieur Salayron, déclara Chougoueyrand, je récuse votre autorité en la matière ; parlez-moi du patois, je suis votre homme ; mais ne me parlez pas des paysans, vous ne les avez jamais vus.

Des voix impatientées les firent taire. L'ut de poitrine de la chanteuse avait envahi toute la salle, cogné les vitres, ébranlé les verres, on voulait s'en rassasier. Céline était catégorique et triomphante, elle s'offrait en détail au public. « La fille à la rose » c'était elle ; voici son cœur, qui voulait l'aimer ? Voici ses bras pour s'y pâmer ; voici sa bouche, voici ses yeux... Battling serrait les mâchoires... « Au fond d'un bouge de Santiago, Elle dansait à demi-nue le vrai tango... » Une fois qu'on s'était grisé de ses caresses, de ses caresses, quand on avait connu son baiser, on ne voulait plus d'autre maîtresse... Finalement elle envoya des baisers dans le vide à pleines mains ; un petit vieillard propret, égaré par curiosité dans cette étable fumante, et croyant par erreur qu'il y en avait eu un pour lui, rougit comme un verre de vin clairet et contrôla machinalement son nœud de cravate ; Céline essuyait la sueur de son front ; des messieurs congestionnés tiraient un peu sur leur faux-col pour rétablir la circulation interrompue.

— Hein, ces lubricités, fit Manuel dans le brouhaha de l'entr'acte, est-ce méritoire?

— Tu as beau parler, grogna Battling entre ses dents, avec un regard mauvais.

Le public réclamait Céline. « La Vipère, Céline, La Vipère ! » Elle se remit à chanter, les yeux dans le vide ; c'était du côté du petit vieillard qu'elle avait l'air de regarder ; elle avait appris sur lui des tas de choses : elle savait qu'on l'appelait la Vipère du Trottoir, elle savait comment il fascinait avec « ses yeux noirs. » Le petit vieillard, gêné, posa cinq francs sur sa table et s'en alla silencieusement.

Battling écoutait, la bouche ouverte. Chougoueyrand sortit avec Manuel pour fumer une cigarette en plein air. Je profitai de la circonstance pour me reposer sur la banquette en cuir abandonnée par le sculpteur. Le félibre regretta « que cette belle jeune fille n'eût pas chanté quelqu'une de ces si savoureuses vieilles chansons en dialecte, avec le costume du pays. »

Céline passa, laissant son portrait sur les tables ; ses cheveux, au bord du front et des tempes, étaient un peu collés par la sueur ; le maquillage la salissait ; elle était plus belle sur la carte postale ; mais, telle quelle, elle justifiait en somme l'admiration charnelle de Battling. Il profita de nos occupations félibréennes :

— Mademoiselle, commença-t-il à mi-voix.

— On m'appelle Céline.

— Mademoiselle Céline...

Mais déjà elle était à la table suivante où l'ébéniste la réclamait bruyamment. Quand Chougoueyrand et Manuel revinrent, un Hercule rose méprisait les poids de fonte et traitait d'un air protecteur la grosse haltère. Céline quitta l'ébéniste et vint s'asseoir auprès de nous.

— Qu'est-ce que tu prends, Céline? demanda Chougoueyrand.

– Une grenadine-kirsch, avec de la glace.

— Garçon !

— Et le grand Charles ? demanda Manuel.

— Il vient en permission le 15, expliqua Céline.

Je ne connaissais pas le grand Charles. C'était le frère ou le beau-frère de Céline, je ne sais plus. La conversation roula longtemps sur ces sujets compliqués. On voyait défiler des personnages étranges qu'une sorte d'esprit de famille semblait tenir groupés autour de drames intimes et de réjouissances troublées ; il fut question d'une noce où l'oncle et le neveu s'étaient entre-tués au dessert à propos d'une pendule dont l'aventure n'était pas nette (« J'te dis que c'est vrai. J'te dis que c'est pas vrai ») ; on parla aussi de « la nièce à Marie-Thérèse » qui était très heureuse à Paris où elle avait trouvé un ami riche « qui s'occuperait du gosse » ; d'un garçon « qui était bon type, faut être juste, mais qui n'avait pas de manières », et d'un jeune homme nommé Florentin qui avait dit à Monsieur Ribère qu'on lui avait dit que quelqu'un avait dit une chose assez embrouillée à propos d'une demoiselle mystérieusement apparentée à ce Monsieur Ribère, ou à Florentin ou à quelque autre, en vertu de quoi il s'était produit un grand malheur dans la famille de Monsieur Ribère, à moins que ce ne fût dans celle du jeune homme ou de la personne apparentée à la demoiselle qui, de toute façon, en avait été si outrée qu'elle voulait absolument se porter aux extrémités les plus regrettables, bien qu'il fût assez difficile de discerner exactement la cause de cette fâcheuse situation ; je crus deviner néanmoins qu'une pendule déjà mentionnée, et héritée d'une grand'mère pleine de mérites par un petit-fils indigne de ce don, avait contribué plus ou moins à ces cataclysmes et qu'il ne fallait pas enquêter obstinément sur les motifs des péripéties sous peine d'obtenir des réponses bien déroutantes. Mais cette pendule m'obsédait ; dans le demi-sommeil qui me gagnait, elle prenait des proportions effarantes, elle s'épanouissait aux pieds de l'hercule en maillot rose, qui devenait sur le socle ancien de cette horlogerie de famille une sorte de sujet en bronze animé. Je ne pus m'empêcher de chercher à comprendre.

— Parce que Florentin avait volé la pendule ?

— Mais non, fit Céline, parce que Monsieur Ribère avait dit à la petite que Florentin n'avait pas besoin de venir pour le parapluie.

— En effet, dis-je.

Cette évidence m'éblouissait.

— Et puis qu'il a richement bien fait, conclut Céline.

Il me sembla qu'elle y mettait du parti-pris.

Mais je manquais des éléments suffisants pour apprécier en tout état de cause.

— Au fond elle a du cœur, cette fille, me souffla Battling dans l'oreille.

— Tant tu m'en diras, répondis-je.

C'était un angle sous lequel je n'avais pas envisagé la question. J'essayai de la débrouiller en me plaçant du point de vue du cœur de Céline. C'était sûrement là la clef de l'énigme. Il me sembla obscurément que j'obtenais avec cette nouvelle méthode une sorte de résultat qui se rattachait de loin à une petite moitié de l'histoire de la pendule, mais le reste demeurait flou.

— Au fond, dis-je, Mademoiselle Céline, il y a plus de choses dans les rêves de votre philosophie que dans le ciel et sur la terre.

Cette phrase marquait la conclusion de mes réflexions sur la pendule.

— Le petit est complètement saoul, déclara Céline, vous lui aurez fait boire de l'eau de Seltz.

— Je ne suis pas ivre, Mademoiselle Céline, répondis-je avec une conviction déplacée. Je citai avec beaucoup d'à-propos William Shakespeare.

— Tu vas la froisser, me glissa Battling

dans l'oreille ; elle est pauvre, mais elle a du cœur.

— Vous avez du cœur, dis-je à Céline sur le ton de quelqu'un qui reconnaît son erreur. Il faut vous rendre cette justice, vous êtes pauvre, mais vous avez du cœur.

— Ta g..., mon petit, intima Céline avec lassitude. Cet enfant est noir comme un rat. Pour en revenir à la robe de Marie, la voilà qui dit à Marguerite : « Marguerite, qu'elle dit, si tu me l'avais rendue dimanche, je n'aurais pas eu besoin de dire à Marcelle de se dépêcher. » Parce que moi, tout ce que vous vous voudrez, mais j'estime que quand on fait une chose, on la fait et on n'en fait pas une autre. Est-ce vrai ?

Personne ne songeait à répondre ; cette négligence me froissa. La conviction de Céline m'avait gagné profondément.

— Parfaitement, insistai-je ; à sa place tout le monde aurait fait comme elle. Marcelle avait cent fois raison.

— Mais non, dit Céline, c'était Marie.

— Evidemment, fit Battling avec partialité.

Je l'admirai d'avoir compris cette histoire dont le fil m'avait complètement échappé. Je gardais cependant la conviction intime que

Marcelle n'avait pas tout à fait tort. Je m'expliquais mal pourquoi je tenais tant à ce point de vue dont l'importance me paraissait subitement extraordinaire. Qu'était-ce après tout, que Marcelle dans l'ensemble de la Création ? Un atome, moins qu'un atome. Et pourtant il me semblait bien que rien ne devait plus être en ordre si on ne lui donnait pas immédiatement raison, si on ne lui faisait pas son droit, sans réticences. Qu'elle eût tort, complètement tort, cela me semblait une anarchie intolérable, un inadmissible bouleversement. J'éprouvai un besoin tyrannique de faire partager cette opinion, d'arracher aux consciences hésitantes un mot de réhabilitation.

— Qu'est-ce que Marcelle, commençai-je avec emphase, dans l'ordre de la Création ? Rien, une fourmi, un brin d'herbe, un élément microscopique et sans valeur. Et cependant...

— Quand je vous disais que le petit a la fièvre, fit Céline. Il a le délire, cet enfant.

Elle me posa la main sur le front ; je la baisai avec cérémonie en cédant encore au besoin de citer Shakespeare ; c'était une main moite, un peu grasse ; au premier contact elle sentait le coiffeur ; sur la fin elle prenait un goût de sherry.

Céline fut flattée de ce geste.

— Moi, j'aime beaucoup l'éducation, affirma-t-elle. Je vais te commander un café sans sucre, ça te remettra sur tes pieds. Allons, au revoir, messieurs, à la prochaine. Au revoir, monsieur Pierre, au revoir, monsieur Gabriel.

Elle serra les mains à la ronde et nous partîmes. Au moment où nous franchissions le seuil, le garçon apporta le café. Les consommateurs des tables voisines le refusaient successivement ; Chougoueyrand faisait de la porte de grands signes avec sa canne pour le faire remporter ; le félibre traduisit bruyamment ces gestes dans un patois que le garçon ne comprit pas. La nuit s'emplissait de cris et de signes. Des jeunes gens de dix à douze ans s'entassaient autour des lauriers-roses. Battling se détacha du groupe pour aller régler la question avec le garçon.

Je ne le revis que le lendemain au réveil :

— Eh bien, Battling, ça va ?

— Ça va. Et toi, c'est passé ?

— C'est passé. Qu'as-tu fait du café sans sucre ?

— Je l'ai bu, fit-il avec une grimace, mais

j'ai rendez-vous pour jeudi avec Céline, ajouta-t-il avec fierté.

— Le café sans sucre suffisait, Battling.

Il aurait aimé plus d'enthousiasme. Il cacha qu'il était vexé.

— Céline, fit-il, ça c'est une femme.

— Une femme qui a du cœur, Battling, je sais.

— Et des fesses, ajouta-t-il avec un geste.

Il avait dit cette grossièreté par respect humain.

Je ne me charge pas de démêler exactement les nuances du sentiment qui poussait Battling à aller chercher Céline ce matin-là ; il y avait de la forfanterie, de la naïveté, une envie de scandale, et un peu de sincérité ; il devait y avoir surtout un désir d'humilier Erna Schnorr et de s'humilier soi-même en lui donnant pour rivale une femme aussi vulgaire ; et puis, sait-on ? Il lui trouvait du cœur à cette fille, de la gentillesse ; il n'aurait peut-être pas fallu le pousser beaucoup pour lui faire dire qu'elle était pure. Enfin, il y avait sans doute un besoin de démontrer aux camarades, qui ne lui en demandaient pas tant, qu'il se moquait bien d'Erna Schnorr.

En tout cas, quand il fut rasé, brossé, ciré, nettoyé, peigné, il répandait une bonne odeur sympathique de savon de Marseille et de chair saine ; ses muscles gonflaient son complet gris devenu trop petit depuis l'année précédente, et sa marche souple de chien hargneux donnait à sa force une allure inquiétante. On l'imaginait assez bien égorgeant Céline à la nuit tombante au pied d'un tas de foin pour satisfaire aux exigences métaphysiques d'un dieu barbare, tandis qu'un parfum de résine monte des bois surchauffés. Un drame où se fussent mêlés le sang tiède, la passion fumante, la silhouette des meules, et, sans doute, quelque grande lune pourpre propre à satisfaire les traditions, à dramatiser les ombres et sécher d'horreur la bouche des spectateurs.

Ce fut beaucoup moins pathétique. Ils allèrent d'abord se promener sur ces pelouses qui bordent la rivière et semblent contenir en elles le secret d'une vieux bonheur ; il avait acheté des cigarettes à bout doré pour faire honneur à Céline ; il ne savait trop que dire et parlait, pour se donner une contenance, des camarades et des professeurs avec une verve acide de pensionnaire sournois. Céline, devant un amoureux si gauche, sentait revenir ses quinze ans. Elle avait connu en ces temps lointains la montagne où broutent les chèvres, les aliziers vernis au tournant des grand'routes, et, le soir, l'ombre des peupliers dispersés qui s'avance en tremblant sur les prairies. Battling parla du village de Monsieur Sardaigne et de certaines particularités plus frappantes qui caractérisaient le cheval du meunier, le manège de la foire, les mœurs du cabaretier. Céline prenait à ces récits naïfs un plaisir extrême, mais lui, qui ne s'en doutait pas, se trouvait aussi emprunté qu'un amoureux de village. Il s'en voulait de sa niaiserie ; il aurait aimé trouver subitement, par une de ces inspirations miraculeuses qui favorisent dix fois par page les personnages de roman, de ces phrases spirituelles et galantes qui vont droit au cœur des femmes ; mais plus il cherchait moins il trouvait ; il renonça alors à l'improvisation pour fouiller dans ses souvenirs de lecture qui ne lui proposèrent longtemps qu'un passage assez pompeusement déplacé sur les vanités de ce monde, puis il finit par découvrir une jolie série de petites phrases assez coquettes dont la progression agressive lui sembla propre à exprimer ses sentiments ; il les avait lues dans une brochure que lui avait prêtée Ravachon ; la première disait : « Ah ! Ninette, si votre cœur voulait songer à panser les blessures que font vos yeux... » ; évidemment cela faisait un peu romance, et c'était plutôt démodé ; il lui fallait le temps d'adapter ça, de s'y faire, de se mettre dans un état d'esprit lyrique, de se préparer à se jeter à l'eau ; Céline allait le trouver ridicule, elle l'intimidait horriblement ; seul, il aurait improvisé cent jolies phrases ; avec elle il était perdu. Il prit alors un ton de goguenardise méchant pour se venger de son insuccès personnel sur tous les maris trompés du village de Monsieur Sardaigne : il raconta l'histoire burlesque des cocus de la localité ; Céline trouva dès lors son amoureux charmant, spirituel et plein de finesse ; elle goûtait sa verve méchante et cette façon de conter, pleine de sournoiseries obscènes et de grossièretés voulues qui faisait la marque du collégien sage qu'était Battling. La calomnie plaisait à Céline par habitude, et, quant à l'obscénité, Battling qui avait de l'imagination l'élevait à la hauteur d'un art plastique. Elle poussait des rires de femme qu'on chatouille. Mais Battling savait bien que son audace restait du domaine de la théorie, et, souffrant de sa timidité, il insistait sur le côté ridicule de ses héros pour se prouver qu'il y avait en matière amoureuse des gens plus benêts que lui. Aussi quand la conversation tomba, il chercha à utiliser le silence pour placer sa phrase ; il finit, presque malgré lui, à force de la répéter dans sa tête et de se figurer que Céline n'était pas là, par bredouiller en toute hâte :

— Ah ! Céline, si votre cœur...

Le reste se perdit entre ses dents.

— Quoi ? fit Céline.

— Rien, dit-il en rougissant jusqu'aux oreilles. Je disais qu'il va bientôt falloir déjeuner.

C'était une expérience ratée ; il n'y aurait plus moyen de réchauffer cette phrase ; Battling vit sa journée gâchée. Il passa le reste de la matinée à se reprocher d'avoir perdu l'occasion de placer sa phrase galante. Céline ramassa le mouchoir qu'elle avait déployé sur l'herbe avant de s'asseoir pour ne pas tacher sa robe blanche et pria Battling d'examiner si elle ne s'était pas zébrée de vert. Battling se livra à contre-cœur à cet examen qu'il réussit à opérer de la façon la plus superficielle ; il se sentait gêné dans sa pudeur d'être obligé d'examiner le seul relief de Céline qu'il eût songé à me vanter. Décidément c'était une catastrophe.

— La faim me coupe absolument les jambes, pensa-t-il pour se consoler.

Il retrouva son lyrisme intérieur dans le chemin bordé de tilleuls qui menait au *Pêcheur à la Ligne*, un petit bouchon au bord de la rivière. La feuille du tilleul a la forme d'un cœur, dit Henri Heine. Battling en attrapa une pour décorer Céline. Ils s'installèrent sous une tonnelle et le déjeuner se passa bien. Le civet de lapin donna du courage au garçon qui se mit enfin à regarder sa voisine ; elle était tout de blanc vêtue, elle avait les plus beaux yeux du monde, bruns et dorés comme la rivière où naviguaient deux petites périssoires ; il songea à la fin du sonnet de Hérédia sur Antoine et Cléopâtre ; décidément l'emphase lui venait ; Céline prenait une belle couleur rouge sous l'influence du vin mousseux ; sous son menton un présage de ride posait une ombre ; de songer au déclin de cette chair splendide Battling éprouva une sorte d'émotion ; il essuya d'un baiser léger une goutte de sueur qui perlait sur la nuque de Céline ; Céline réclama une fine et Battling dut aussi en boire une ; elle en réclama bien d'autres, et Battling finit par reconnaître qu'il ne pensait plus du tout à Erna Schnorr.

Qu'elle était belle, Céline, au dessert ! Elle avait des lèvres épaisses qui la rendaient à la fois désirable et dédaigneuse, des bras blancs comme de la neige et une voix qui vous râclait un peu la peau ; elle avait chaud ; l'odeur de sa chair montait d'elle comme pour élargir sa présence et l'imposer. Il lui passa le bras autour de la taille, elle lui écrasa les lèvres de sa bouche, elle avait une petite moustache adorable qui chatouilla voluptueusement Battling.

— C'est ça l'amour, pensa-t-il dans son lyrisme. C'est la première fois que cette femme embrasse sincèrement quelqu'un.

De l'autre côté de la tonnelle, sur le banc, à la place inoccupée, une ombre floue se dessina, prit forme ; elle était à demi transparente, avec des gestes doux, des yeux étranges qui vous perçaient jusqu'au fond du cœur, un sourire de sournoiserie bienveillante, un melon gris-perle ; on voyait les feuilles de la treille à travers. L'ombre tremblante observait Battling avec ironie :

— Oh ! fit-il en devenant pâle.

— Qu'as-tu ? dit Céline ahurie.

— Rien.

Elle le regarda avec inquiétude.

Mais déjà Monsieur Charles avait disparu dans les jardins comme une buée sur un miroir qui reprend sa transparence. Cet homme restait dans la mémoire des gens qui l'avaient connu comme l'odeur de la feuille de tomate aux doigts de ceux qui la touchent.

Quand ils revinrent, tard, le soir, sous les étoiles, par les petites rues caillouteuses des faubourgs où les becs de gaz éclairent au hasard le front misérable d'un vieil homme assis sur un banc délabré, le vent venait de la montagne, le cœur de Battling vacillait comme le dernier lampion d'une fête, et une mélancolie intolérable travaillait son âme fourbue ; Céline, un peu lasse, boitillait sur ses talons Louis XV qui heurtaient les cailloux pointus ; sa robe blanche était tachée ; il y avait quelque chose d'un peu flétri, dans toute son attitude, d'un peu mou, d'un peu navrant. Quoi ! c'était ça l'Espoir qu'il avait emmené ce matin en robe blanche, timidement, sous cette avenue de tilleuls au bout de quoi semblait s'ouvrir la Rue des Merveilles ; cette pauvre chose fanée, avec une robe sale et des mains douteuses ? Erna, que penserais-tu ce soir, Erna, Erna, toi qui, malgré Manuel, te dresses tout de même encore pour Battling au bout du mur de vigne-vierge, — si svelte, et nette, et définitive, et intangible, — comme la figure de proue de notre Désir ? Monsieur Charles regarde toujours dans l'ombre, avec son visage transparent traversé par des feuilles de vigne, son melon gris, ses yeux sournois pleins d'ironie, et de bienveillance, et de méchanceté satisfaite à la fois.

A la lueur d'une allumette, en haut d'un escalier fatigant qui sentait la lessive de pauvre, la porte de la chambre de Céline posait un rectangle marron sur un mur sale traversé par des zones de couleur isabelle, et pommelé de taches grises et d'éraflures vers le bas.

— Entre, mon chéri.

Ce haut-le-cœur ! Battling le vainquit par amour-propre ; il fallait boire le vin tiré !

La chambre était propre, presque coquette, meublée de vieux meubles blessés mais encore fiers qui faisaient l'orgueil de Céline. Une odeur fade montait cependant du plancher, de l'édredon rouge, du fauteuil Voltaire. La lampe répandit une odeur de pétrole ; elle portait un abat-jour transparent qui représentait des scènes de caserne ; la vue de la table à toilette, pourtant bien tenue, faillit donner la nausée à Battling.

— Embrasse-moi, mon gosse.

Il l'embrassa du bout des lèvres, sous l'oreille, en se raidissant un peu.

— Mieux que ça, ma poupée.

Il fallut subir le baiser de ces lèvres qui avaient traîné sur tous les verres de l'*Alhambra*, sur le vermouth du gros ébéniste aux dents gâtées... Une colère emportait Battling contre lui-même, contre Céline ; il aurait voulu lui cracher des méchancetés, frapper à coups de pied dans la pendule, sortir cette grosse fille de cette chambre en lui tapant dessus... Une colère et un crève-cœur.

— Assieds-toi un instant, sois sage ; je vais me préparer pour le dodo ; ne marche pas comme ça dans la chambre, tu vas réveiller le plombier.

Il s'assit avec un dégoût résigné sur le fauteuil Voltaire, il alluma une cigarette à bout doré ; c'était bien la peine d'avoir acheté ces saletés qui sentaient le foin, ce tabac stupide... Il entendit remuer de l'eau dans une cuvette ; un vaporisateur fit jaillir du parfum. Une lassitude écœurée l'engourdissait dans son fauteuil, un demi-sommeil causé par la fatigue ; il avait pris une courbature en canotant ; il voyait des taches de soleil danser sur le plancher devenu pareil à une eau tiède et papilloter à toute allure devant ses yeux éblouis. Subitement il se réveilla au contact d'un corps élastique et parfumé ; Céline se tenait sur ses genoux, toute fraîche, toute blanche, propre, servile et caressante, prête pour la nuit et l'amour.

— Viens !

Il avait oublié sa tristesse ; il ne songeait plus qu'à ce corps vers lequel l'emportait sa chair. Il lui dit d'aller se mettre au lit ; et, comme il cherchait un endroit pour poser ses boutons de manchettes, il aperçut un carnet sur la cheminée ; il avait vu ce carnet quelque part, cette couverture brune, cette tranche rouge, oui, quelque part, sur un pupitre, en étude ; le soleil y posait des reflets... Ce n'était sûrement pas à Céline ; malgré sa hâte il l'ouvrit, pour savoir :

— Dépêche-toi. Qu'est-ce que tu veux donc à cette cheminée ?

C'était l'écriture de Manuel, une écriture presque illisible, épaisse et douce. Il parvint cependant à déchiffrer quelques mots :

Samedi 15. — *Céline, décor utilisable ; odeur de vanille, à cause de l'héliotrope blanc qu'elle met dans ses cheveux ; plaisirs vulgaires ; quelque chose de fade ; d'un peu crapule aussi ; même pas ; plutôt romance ; air de Laforgue ; la chambre du crime pour faits-divers (voir Daumier) ; le réchaud à charbon de bois ; jalousie d'Erna ? Logique des femmes : c'est elle qui dit : ne t'inquiète pas des femmes, un artiste doit vivre pour son art. Ensuite elle proteste.*

Prendre la vie toujours plus négligemment.

Battling resta là un moment comme frappé de stupeur. Au fond de la glace à cadre doré il vit se dessiner encore le melon gris de Monsieur Charles. Il prit sa veste par la manche, il ouvrit la porte ; le courant d'air de l'escalier le happa comme un feuille morte ; il dégringolait quatre à quatre, le carnet de Manuel à la main, fuyant son âme hypertrophique qui le poursuivait en haletant et la jalousie qui lui faisait escorte en faisant claquer son manteau.

— Eh bien ! Eh bien ! criait Céline.

Il l'entendit encore d'en bas, penchée sur la rampe, qui soulageait son humiliation :

— Salaud ! crapule ! Ça me fait perdre

vingt-quatre heures et ça s'en va comme un radin ! J'irai le dire à ton instituteur, petite vache !

Elle rentra dans sa chambre, solennelle, pleine de rancœurs et d'indignation :

— Ça n'a pas encore de poil au menton qu'on leur apprend le mépris du pauvre. C'est plein aux as et ça vous regarde comme des bêtes. Attends un peu...

Le bruit de la porte de la rue la rejeta sur la rampe du palier, rugissante :

— F... moi le camp, eh purée, pedzouille ! F... moi le camp que j'tai assez vu. Va faire l'amour avec des catins !

Sous la lune, à la porte du Collège, la statue de Victor Hugo attendait Battling de pied ferme. Sa grande ombre s'allongeait sur la petite place de la fontaine toute pavée de cailloux gris ; quatre réverbères anciens introduisaient de la bonhomie dans cette nuit tiède : la fontaine chantait sur un air de chanson populaire ; les étoiles brillaient comme dans un vieux Noël ; Monsieur et Madame Denis, fenêtres closes, ronflaient à tous les étages, la tête entourée d'un foulard ; le chat de la mère Michel faisait le gros dos sur une gouttière, et les tilleuls de la cour du collège distillaient une honnête odeur de tisane qu'on prenait pour le parfum de la lune, des étoiles et de la bourgeoisie. La douceur de cette atmosphère ne put rien contre la fureur désespérée du pauvre Battling. Ce Victor Hugo dédaigneux, compassé comme un maître d'école, semblait le narguer du haut de la porte ; il le rendit responsable ; il lui tendit le poing rageusement :

— Toi, quand je te dirai adieu, vieille tarte...

Il fut obligé de rire lui-même de la spontanéité de son geste, de la sincérité de cette haine qu'il avait accumulée pendant six ans contre un caillou. Quand il eut franchi la porte, il se retourna encore, en riant à voix haute, d'un rire qui venait des nerfs et qui sonnait faux ; tout lui revenait à la tête, Céline, Erna, Manuel, le collège... Maintenant Victor Hugo se présentait à contre-jour dans les étoiles, formidable et majestueux ; il lui cria sa rage impuissante :

— Vieille noix, vieux débris, vieille punaise... F... moi le camp, eh purée ! pedzouille ! F... moi le camp que j'tai assez vu. Va faire l'amour avec des catins, je le dirai à ton instituteur.

Il répéta encore « Vieille tarte », machinalement, comme pour se soulager d'un poids. Puis il monta au dortoir, quatre à quatre ; il ouvrit silencieusement la porte ; la nuit laiteuse éclairait les visages endormis des internes : Dourlier le retardataire, Sigismond le capitaine de l'équipe, le grand Charles qui élevait un rat blanc dans son pupitre, Damour qui devait mourir en Amérique de la piqûre d'un serpent-corail, Tavernier qui a épousé une lutteuse, et Ravachon, avec sa bonne tête de passe-boule, Ravachon « qui ne prenait pas la vie au sérieux ». Mais Battling ne voulait rien voir de ces physionomies apaisantes. Céline était donc *vraiment* une grue? Et le pauvre plaisir, oubli, vengeance, qu'il aurait pu tirer encore d'elle, c'était encore Manuel qui le lui gâtait? Et avec quel dédain, quelle aisance, quelle facilité méprisante ! *Prendre la vie négligemment*... Il relut le passage sous la lampe du vestiaire : c'était bien vrai ; il se mit à pleurer en silence, sans haine contre Manuel, dans un grand sentiment d'impuissance, avec la sensation qu'il se trouvait de trop. Son amitié subsistait, intacte... Manuel, Manuel, qu'as-tu fait de lui?...

Machinalement il feuilleta le carnet, il retrouva des vers qu'on avait composés à *Mexico*, un jeudi d'octobre, sur l'affiche du Peau-Rouge stylisé :

Le Sachem nommé Lune d'Or
— Et ce nom seul fait riche —
Cherche, accroupi sur son affiche,
Les secrets du Trésor ;

Mais que la lune est sybilline
Qui durcit le contour
Du chef au profil de vautour
Sur la sombre colline,

Et vous — au fronton carminé —
Temple, que l'on devine
Dans la violette ravine
Du boy assassiné.

Où étaient-ils ces jeudis d'octobre ? Les pipes qu'on fumait par couleur locale, le rhum, le brouillard, les feuilles mortes, l'amitié, le poêle en fonte et ces fantasmagories transcendentales qu'on déroulait sur la prairie saugrenue ?

Il trouva encore dans le carnet quelques notes sur Erna Schnorr, parmi lesquelles sa propre aventure avec l'histoire du *Poème à la Laideur* ; ce détail lui coupa les jambes ; il y avait aussi quelques comptes ; le reste, des choses sèches, nettes, sans ratures, le journal de quelqu'un qui sait ce qu'il veut. Battling restait désorienté devant une personnalité si différente de la sienne. On se fréquente sans se connaître : il voyait Manuel tous les jours, Manuel capricieux, aimable ; que d'égoïsme dans cette amabilité ! que d'arrivisme dans cette inconstance ! Il fut frappé de la netteté des jugements que Manuel portait dans ce carnet, soit sur lui, soit sur les autres. Un homme aurait su discerner le côté fragile de cette assurance, la nuance littérature, ce qui n'était pas Manuel. Battling était trop jeune ; il sentit que dans une compétition Manuel-Battling — qui n'existait d'ailleurs pas dans le cas présent et ne se posait que dans son esprit tourmenté, — c'était à lui d'être éliminé suivant toutes les lois de la chimie. Puis il se demanda ce qu'il faisait dans ce vestiaire ; il aurait dû rentrer chez ses correspondants, inquiets sans doute de son absence. Il retourna chez les Contade. Emile l'aurait distrait de sa tristesse, mais Emile n'était pas là. Sa nuit se passa en cauchemars étranges : Monsieur Sardaigne, à la table d'une tonnelle, écrivait des carnets de notes sous la dictée de Céline et de Manuel ; il voulait lire par dessus leurs épaules, mais Victor Hugo lui criait : « Va-t'en, purée, je le dirai à ton instituteur. »

Quand il arriva, le vendredi matin, il avait l'air si fatigué, si sombre, avec ses yeux bleus tout cernés de vert que je ne pus m'empêcher de lui dire :

— Qu'as-tu donc fait cette nuit, Battling ?

Il trouva la force de sourire :

— Ah ! mon pauvre vieux, ne me parle pas de cette histoire, je me suis engueulé sur la place...

— Avec qui ?

— Avec Victor Hugo.

Ce jour-là et le lendemain il y eut des soirées si chaudes qu'on prolongea la récréation des internes d'un quart d'heure, après le repas du soir. Les cônes des genévriers découpaient des triangles noirs dans le couchant couleur de jonquille. Les roses du jardin de Monsieur Sauvaize fils, l'horticulteur, envoyaient des bouffées de parfum par dessus les murs ; le train sifflait sur le viaduc à la limite du territoire des vacances où commencent les eaux, les bois et les prairies ; toutes les nostalgies avaient cours dans le crépuscule ; c'était dimanche tous les soirs. Ce samedi-là, le grand Charles, qu'on appelait aussi Robespierre, et Damour l'aventureux, qui était bronzé comme un khalife, avaient obtenu la permission d'apporter leurs accordéons dans la cour comme on le faisait chaque année vers la fin du troisième trimestre. Ils s'étaient assis sur deux escabeaux que les petits étaient allés leur chercher avec fierté dans la salle de dessin. Comme ils ne savaient pas lire la musique et ne connaissaient en commun que certains airs, ils jouèrent d'abord la *Valse Brune*. Les petits qui avaient apporté les sièges s'installèrent à leurs pieds de plein droit pour participer à leur gloire. Robespierre avait un pince-nez attaché sous son sarrau noir par un long cordon, et une casquette dont, à l'inverse de tous les autres, il tirait le turban par devant de façon à cacher les palmes ; il jouait d'un air grave et patient ; Damour portait le panama de son oncle, l'épicier de la Tour-Tailhade ; il avait une figure en lame de rasoir et de beaux yeux de chèvre, noirs et dorés, presque sans blanc ; il jouait, le chapeau sur la nuque, la tête penchée de côté, avec un sourire invariable, dans le vide, pour lui tout seul. Depuis, il est mort, en Amérique... Il y était parti avec Robespierre ; Robespierre est revenu seul ; c'est lui qui nous a raconté cette histoire : on avait assis le cadavre chaud sur la banquette d'une automobile ; en arrivant on n'avait plus pu le détendre. Des détails navrants...

Les petits assis en rond par terre, en tailleur, avec leurs mains terreuses dans le creux de leurs sarraux noirs, admiraient, la bouche ouverte, de toute leur confiance et de tout leur corps.

Le surveillant de dortoir prolongea la récréation de trois minutes pour permettre à Damour et au grand Charles de terminer *Ne rendez pas les hommes fous*.

Dans un coin du préau, tout pâle, Battling, seul avec son cœur aux abois, ses complications et son épouvante que les paroles de ces chansons n'expliquaient pas, ressemblait à quelque gigantesque fleur lunaire éclose là pour donner un sens aigu à cette soirée terrestre ; sur l'air des accordéons de village il s'évadait de plus en plus loin de ce monde plein de chanteuses perfides, de camarades envahissants et de poètes impassibles. Des auberges de dimanche lui passaient dans la mémoire ; n'y aurait-il pas, quelque part, sur une route surnaturelle, près d'un tournant dans les sapins, au bord des prairies, un bal rustique où l'on entendrait monter ces valses comme un souvenir de la terre, sur une montagne en dehors du temps ? Mais où trouver la clef du domaine ?

Deux internes s'étaient mis soudain à valser dans le préau désert ; leur danse soulevait un nuage de poussière ; ils tournaient si vite que leurs tabliers formaient autour d'eux une grande cloche noire.

Le lendemain, en allant chez Erna, Manuel trouva Battling assis, les manches retroussées, sur le banc à pieds de fonte du jardin des Contade, en train de fourbir son clairon avec un chiffon de laine.

— Bonjour, Battling.

— Bonjour, Manu.

— Ça te plairait donc ce métier de brute ?

Et Manuel entra chez Erna.

Battling laissa tomber son front dans ses mains ; le clairon roula par terre ; le pavillon refléta la fenêtre d'Erna Schnorr. Battling resta là, les poings dans les yeux, les mâchoires serrées. Ses cheveux retombaient par devant comme des franges de soie rouge. Son cou blanc, lisse comme une peau de femme, semblait s'offrir à quelque invisible couperet.

Erna, étendue sur un sofa, les jambes nues, polissait ses ongles. Manuel, assis à ses pieds sur un coussin, fumait d'un air ennuyé.

— Ecoute, mon petit, je n'aime pas bien ces airs de sultan blasé. Si je t'ennuie, tu n'as qu'à le dire, ce n'est pas moi qui te retiens ; tu iras chercher des joies plus pétulantes chez les chanteuses de l'*Alhambra.* Je n'ai pas besoin chez moi de tes mélancolies de satrape, ni de ces mouvements au ralenti, ni de ces airs de lassitude, ni de ces politesses qui m'insultent. Tu m'entends ?

— J'ai cette douleur, chère Erna.

Elle haussa les épaules.

— Tu n'as pas de cœur. Tu ne penses qu'à toi et à tes affaires. Et encore..., bien négligemment. Après tout, tu as raison. Tu m'aimes ?

— Oh ! Erna.

— Mais dis-donc oui ! Mens donc franchement.

— Eh bien oui.

Elle sourit en penchant la tête de côté et lui prit la tête entre les mains, d'un air ironique.

— Voilà comment je t'aime, quand tu dis ça et que tu penses à autre chose. Veux-tu savoir à quoi tu penses ?

— Mais à vous !

— Comme il dit bien ça. Tu penses... Mais pourquoi le dire ; tu le sais aussi bien que moi. Non, je ne veux pas parler de cette chanteuse, tu me comprends bien... Ah ! tu ne te donnes pas, toi, tu te prêtes... Race avare...

Elle le regardait en face, avec une expression de clairvoyance triste qui fit plaisir et un peu honte à Manuel. Il voulut l'embrasser, la consoler. Elle lui envoya une tape sur les mains.

— Bas les pattes, laisse-moi tranquille ; je n'ai pas besoin de tes petites pitiés. C'est encore moi qui commande ici ; je t'appellerai quand je te voudrai ; je ne fais plus concurrence aux chanteuses. Donne-moi une cigarette ; non, une bleue. Si tu veux des Salem prends-les dans la petite boîte, mais donne-moi une caporal. Et puis remue-toi, presse le citron et remplis les verres ; mets le sucre avant, il ne fondrait pas ; maintenant, assieds-toi et raconte-moi des histoires. Et pour la cinquante millième fois, ne me secoue pas ta cigarette sur les coussins, tu sais que je crains le feu. Il y a un cendrier sur la table, mets-le entre nous deux, par terre. Et puis dis-moi pourquoi Madame Cartelle ne vient plus me voir.

— Est-ce que je sais ? répondit Manuel. Je me demande pourquoi vous tenez à ces pimbêches.

— Moi ? Mais je ferais des platitudes pour la visite de Madame Cartelle, dit-elle en riant... Si tu savais, mon petit Manuel, comme tout est stupide, comme tout est bête, excepté l'amour. J'ai cru à l'art, va, moi aussi, à des tas d'histoires ; et j'ai pourtant connu la vie dure, et j'ai farfouillé dans pas mal de choses que Madame Cartelle ne connaîtra pas. Tu verras, tu verras toi aussi, mauvais gosse. Tu verras que tu trouveras à Madame Cartelle autant d'intérêt qu'aux grandes combines et aux histoires des journaux. Autant, ça veut dire pas plus, tu sais. Donne-moi ta bouche. Maintenant dis-moi des nouvelles de mon tombeau.

— On a commandé un vitrail superbe pour la cage en verre. Ça finira par être plus vrai que le vrai.

— C'est ce qu'il faut. Crois-tu que je serai bien là-dedans ! Tu diras à Monsieur Rétine de venir arroser les fleurs en perle avec son clairon. Embrasse-moi encore, Manuel, et dis-moi tu. Tu es cérémonieux comme une porte cochère. On te prendrait pour mon professeur d'algèbre si on te voyait.

C'était un peu vrai ; Erna touchait là la fêlure secrète de leur liaison ; car, depuis quelque temps, l'amour de Manuel avait dégénéré en amitié reconnaissante ; cela introduisait dans leurs rapports une dissonance qui croissait avec l'intimité ; c'est pourquoi Manuel, fuyant le ton de la tendresse, se réfugiait dans une politesse qu'il voulait aimable et qu'Erna trouvait distante. Il l'embrassa doucement sur les yeux.

— Je n'en ai plus pour longtemps, Manuel ; tu penseras à moi quand je serai morte ?

Décidément c'était sa marotte ; il ne fallait pas la contrarier

— Mais oui, je t'enverrai des visites dans la cage en verre : les notables, les corps constitués, le principal, le conseil de discipline, le conseil municipal, les gendarmes, le sous-préfet....

— Voilà ce qu'on ne me dit pas assez, fit-elle.

Elle lui caressait les cheveux.

— Tu te plains toujours que rien ne va, tu veux toujours aller trop vite ; tu méprises ta chance et tu ne sais pas ton bonheur. Si tu m'avais connue, il y a seulement six ans, quand je dessinais des pantins pour les catalogues de Wertheim, et des pis de vache...

— Des pis de vache ? Qu'est-ce que c'est que cette spécialité ?

— Un de mes amis, un ingénieur qui voulait m'aider. C'était un criminaliste, un agronome aussi, un *ouniversal génie*. Il faisait des conférences sur l'agriculture, avec des projections ; alors je lui dessinais des coupes sur du papier transparent : la formation du lait, les glandes mammaires de la vache. Ce n'était pas payé bien cher, mais je n'avais pas d'autre ressource ; il fallait bien vivre, et mon fiancé m'avait défendu de danser.

— Lequel ? demanda Manuel qui s'y perdait un peu. Le ténor qui a écrit l'*Histoire des Religions* ?

— Mais non, le capitaine au long cours, tu sais bien, le Brésilien. Celui qui avait un air sévère et qui me faisait chanter *Louise* quand il était gai.

— Et qu'est-il devenu ce corsaire ?

— Je ne sais pas, j'étais si jeune. Il est peut-être marié, ou bien il a fait naufrage. Voilà plus de quatre ans qu'il ne m'écrit plus. Il voulait toujours nous emmener dans son pays; mon père et ma mère l'aimaient beaucoup ; ce n'était pas gai, chez nous, tu sais ; alors il avait installé la T. S. F. et il y passait sa journée avec mon père ; entre temps, il lisait la *Gazette de Voss* et il fumait des cigares chers ; ma mère dessinait aussi pour les catalogues, comme moi, et puis des petites femmes avec de grands bas pour des cartes postales ; il fallait bien vivre ; il les lui achetait toutes ; elle n'a jamais pu finir d'apprendre l'allemand ; alors avec mon Brésilien elle parlait français ; ils se disputaient tout le temps, parce qu'elle faisait sécher le linge sur les antennes de la T. S. F. ; il avait amené chez nous des tas de gens qui avaient tous des tas d'idées ; ils étaient tous à la veille de devenir millionnaires et ils promettaient leur appui. Il y en a un à qui c'est arrivé. On ne l'a plus revu.

— Tu t'es vengée depuis ce temps-là !

— *Gott sei Dank !* mais ça m'a laissé le cafard ; il aurait fallu que ça vienne plus tôt. Si je n'avais pas connu Meyer-Fehr je crois que je me serais fait un mauvais parti à cette époque. Si tu savais comme c'étais triste, au début surtout, juste après la guerre ; on se serrait le ventre, et, pour se rattraper, de temps en temps, on faisait la noce avec des rastas. Mon père avait trouvé une place de veilleur dans une fabrique en attendant que son invention soit brevetée. Et puis son poste a été supprimé. Il a été obligé de se contenter d'une petite situation d'aide-prophète.

— D'aide quoi ?

— D'aide-prophète. Oui, il était allé aux Indes, étant jeune, avec des gens qui cherchaient des bêtes pour le Zoo. Alors il connaissait deux ou trois singeries de fakir et quelques boniments en hindou. C'était le moment où Kamasoutra, *oder wie er heisst*, annonçait sur les affiches qu'il succédait à Jésus-Christ et qu'il fallait le suivre, se mettre nu et l'accompagner dans les bois ; il faisait lever les tables de café sur les terrasses et il lisait l'avenir dans des cartes à jouer sur lesquelle il avait fait remplacer les figures traditionnelles par des prophètes, des penseurs et des artistes ; il y avait Socrate, Confucius, Isadora Duncan, Karl Marx, Lénine, et Sarah Bernhardt ; le valet de trèfle, c'était Dostoïewsky, et le roi de carreau, le marquis de Sade ; on ne savait pas que faire, alors on les suivait il ne s'agissait que de mépriser les richesses, — tu penses ? On était bien obligés. Mon père était chargé de lire les cartes ; il préconisait la fin de l'Europe et il conseillait de manger des poireaux et puis je ne sais plus quelle plante qui est la nourriture préférée des éléphants ; le végétarisme était un minimum. Le pauvre homme ! On les a tous coffrés au Tiergarten un jour de procession-démonstration, pendant qu'ils cherchaient Dieu autour de la pièce d'eau. Le prophète a trouvé une place de portier dans un palace. Mon père s'est fait chômeur ; ce n'était pas encore payé bien cher à ce moment-là. Alors moi, j'ai dessiné les pis de vache.

— Pauvre vieille, fit Manuel.

— Il faut aimer la vie, mon petit, mais avec patience. Moi, j'ai voulu me rattraper trop vite. Et maintenant je suis dégoûtée de tout. S'il n'y avait pas la peinture...

— Et moi ? dit Manuel. Je ne compte pas?

— Oh toi, mon petit, je ne me fais pas d'illusions sur ton compte. Tu seras heureux comme tu le mérites. Mais je crains que ce ne soit pas brillant. Si tu m'écoutais, tu ferais quelque chose. Mais tu es paresseux, tu aimes les femmes et tu n'auras jamais le courage de choisir. Donne-moi encore une caporal et dis-moi l'heure.

— Cinq heures et quart.

— Déjà ? On n'a pourtant pas entendu le clairon de ton camarade ?

Un coup de fusil claqua dans l'air sec des jardins.

— Il s'exerce au tir, dit Manuel. Tu entends ?... Il veut absolument s'engager l'année prochaine.

— C'est un sentimental, dit Erna. Comme toi, n'est-ce pas ? Viens m'embrasser, mon petit ; mens-moi bien. Dis-moi que tu m'aimes.

Le soleil séchait les mots à peine écrits. Nous prenions le texte du dernier devoir. Feracci, qui n'appartenait pas à notre classe, « faisait étude » à part dans un coin de la salle. Tourlaize dictait : « Vous insisterez dans le commentaire sur l'influence de Rousseau. » Tout le monde a fini ? C'est bien. Passons aux devoirs de la semaine dernière. En général, vous avez mal compris le sujet ; il ne s'agissait pas de me citer pêle-mêle des textes pris au petit bonheur dans votre livre de morceaux choisis ; c'est ce qu'aurait pu faire n'importe quel élève de sixième. J'ai par exemple ici les copies de Ravachon. Où est-il Ravachon ?

— Ici, monsieur, cria Ravachon devant la chaire en levant un index inquiet. (Il recopiait son devoir de physique sur celui de Damour.)

— Bien. J'ai donc là les copies de Ravachon et de Damour qui sont un exemple typique du procédé. C'est détestable. Vous aviez à traiter ce sujet : « Les attitudes du désespoir romantique », il fallait donc sérier la question, ce pluriel vous l'indiquait. Vous auriez pu remarquer le désespoir languissant, le petit côté phtisie galopante qui n'aurait pas dû vous échapper, chez Lamartine, par exemple ; vous aviez le désespoir du révolté avec Byron, etc... nous verrons cela en détail tout à l'heure en faisant le plan. Vous voyez de quoi il s'agissait ? Distinguer les différents types de héros fatals, trouver leurs pères, leurs grands-pères, leurs ancêtres, leurs cousins ; les grouper par familles, grand A, grand B ; déterminer les influences, regarder évoluer la mode avec le temps ; saisissez-vous ? C'était pourtant intéressant, il me semble ; je m'ingénie à vous trouver des devoirs qui ne soient pas des pensums fastidieux, qui laissent place à votre initiative, qui vous obligent à lire des textes très vivants ; je vous les mâche, je vous les remâche, je me tue à vous les expliquer ; sur le moment vous avez l'air de comprendre, et vous trouvez encore le moyen, huit jours après, de me remettre une salade innommable qui prouve que vous n'y avez rien vu.

Ravachon 4, Damour 5, avec indulgence. Et les examens ont lieu dans quinze jours !... Vous l'ai-je pourtant assez expliqué, ce qu'est le désespoir romantique ! Mais non, vous ne voulez pas le savoir. Larache... Autre exemple typique. Larache, Larache, c'est lamentable. Regardez ça ! Une demi-page ! Les marges ne me trompent pas ! C'est sec comme un coup de bâton, ça passe à côté du sujet ; il n'y a pas de plan, ça n'est pas pensé, ça n'est pas senti ; c'est réellement bien misérable, 3; mon pauvre Larache, vous n'êtes vraiment pas fait pour comprendre le désespoir romantique. Où est-il Larache ?

Damour qui était chargé d'allumer le feu, de marquer les notes, de tenir le cahier de textes, d'expliquer les absences et d'apporter les chandelles en étude quand il y avait une panne de gaz, répondit que Larache n'était pas rentré à huit heures.

Quelques minutes plus tard, Clair-de-Lune ayant entr'ouvert la porte passa la tête et déclara : « Feracci chez Monsieur le Principal ».

Le principal attendait sur sa porte avec une solennité sans acrimonie ; à la façon dont il fut reçu, Manuel comprit avant que son supérieur eût parlé qu'il se passait quelque chose d'extraordinaire :

— Feracci, un accident grave est arrivé à votre camarade Larache ; il est au lit ; il a demandé à vous parler.

— Il va mourir ? balbutia Manuel, tout pâle.

— Espérons que non ; mais dépêchez-vous. On l'a transporté chez M. Contade.

— J'y vais, monsieur. Comment est-ce arrivé ?

— En nettoyant un vieux fusil... La balle a perforé le poumon ; tout est à craindre. Allez, Feracci, allez, mon petit.

Il lui serra la main chaudement. Manuel l'entendit murmurer pour lui seul : « Personne n'a tort dans cette histoire » ; puis il le vit entrer dans la maison obscure en s'épongeant le front de son mouchoir.

Quand Manuel aperçut cette pauvre chose qu'était devenue le grand Battling, cette pauvre chose entourée de bandages dans une odeur de pharmacie, il fut pris d'une sorte de honte : pourquoi lui et non pas moi ? Pourquoi celui-là, que nous aimions, va-t-il mourir avant les autres ? Il était fait comme nous pour vivre. Il avait des droits sur l'existence. Hélas ! On ne voyait plus sur les draps blancs que les cernes sombres des paupières, et ce regard entre les cils rouges, clair comme une goutte d'eau ; on ne voyait que ces yeux résignés, sans exigence, et le turban cuivré des cheveux. Battling, mon vieux, mon camarade, nous apprenons que nous t'aimions. Il n'eut pas la force de remuer la tête ; il tourna seulement les yeux ; il dit :

— Prends, dans ma veste, à droite, la poche intérieure, ton carnet. Je l'ai trouvé chez Céline. Tu ne m'en veux pas ?

— Mon pauvre vieux, pourquoi t'en voudrais-je ?

Mais une sorte de lumière encore trouble se faisait dans l'esprit de Manuel, la peur d'une responsabilité terrible. Il regardait le drap en baissant les yeux.

— Je voulais te demander pardon, Manuel. Tu sais, le conseil de discipline, Erna Schnorr, c'est moi qui t'avais vendu.

— Pauvre vieux... ça n'a pas d'importance...

— Pas exprès ; en blaguant avec les camarades ; on a dû le répéter ; moi je n'y croyais pas.

— Mon vieux Battling... guéris-toi vite. On t'attend tous. Dépêche-toi de guérir.

— Voilà, fit Battling.

Il ajouta au bout d'un moment :

— Je voudrais te donner quelque chose. Prends mon clairon, au-dessus du lit. Tu penseras à moi. Reste un moment. Ça va mieux maintenant. Tu partiras tout à l'heure.

Il parlait très bas, sans tourner la tête. Il regardait le plafond de la chambre avec des yeux émerveillés.

Il ajouta encore, dans un souffle :

— Tu leur diras adieu... Rétine... Je regrette... Va dire à tes instituteurs..

Quand le prêtre arriva, suivi de Mme Contade, Manuel partit sur la pointe des pieds, le clairon sous son bras, la tête vide.

Ce ne fut que vers onze heures que le délire de Battling commença vraiment. Il le cueillit au seuil de la rue des Merveilles, l'étrange rue du livre d'images qu'avait donné l'homme au melon gris ; il le prit comme un courant d'air saisit une copie sur un pupitre et l'emporte à travers les champs ; Battling descendit sur l'aile du vent la rue pleine de marchands turcs et de lanternes vénitiennes, — vous savez bien, cette rue bizarre où Erna Schnorr vend des morues sèches et des billes d'agate chez un petit épicier méfiant, la rue grasse, pesante et noire, où l'on glisse, de boîte en boîte, en passant par *l'Alhambra*, de Victor Hugo — qui jongle avec des poids de fonte, — et le *Petit Panthéon*, de Céline, — qui nettoie les vieux fusils — vers l'Agence Cook des départs définitifs : le principal, derrière un guichet, vous y délivre un ticket jaune pour un voyage plus étrange que tous ceux du marin Sindbad, et les professeurs du collège, alignés au garde à vous sur la jetée, sonnent du clairon sous la lune quand le *Mexico* met à la voile dans la nuit pleine de feux follets.

Quatre heures de l'après-midi. Il est mort.

Il est mort : Voici la chambre qui sent les pommes parce qu'elle servit autrefois de resserre pour les fruits ; voici le « calendrier du facteur » où les spahis passent l'oued sur un couchant rouge, et une femme porte une amphore, tournée vers eux ; voici les objets qui t'appartinrent, plus émouvants, plus accusateurs, plus grands déjà, plus symboliques : la montre d'or de ta première communion, le paroissien vert, le stylographe où tant de fois s'imprima la trame merveilleuse de tes doigts moites, délicate, mystérieuse et compliquée comme une empreinte de fougère dans la houille ; voici tes yeux fermés, Battling, et tes mains vides, et cette pauvreté parfaite, ce dénuement déchirant des cadavres, devant quoi l'on est sans recours. Battling, Battling, ne nous cache rien par ton silence, Battling est-il vrai que tu sois mort ?

Oh ! présence accusatrice des cadavres, ce

sentiment de culpabilité qu'on éprouve en face d'eux, ce remords... Toi qui t'en vas sans discussion, toi qui nous quittes sans dispute, toi qui pars en nous demandant pardon, sans daigner nous en vouloir, nous haïr, tu nous fais honte par ta rigidité solennelle. Il n'y a rien à tenter, rien à dire. Pourquoi nous as-tu fait cela, Battling ? Sans protestation, sans murmure, les yeux cousus par tes cils rouges, les mains vides, tu rentres ce soir dans le grand collège sans vacances et sans jeudis.

Par la fenêtre, les flonflons de la foire : le manège, les *Vagues de la Mer*, les chevaux de bois qui hennissent la *Valse Brune* dans la sciure et l'odeur du gaz... Et cette vieille femme accrochée à tes draps, tordue comme le bois de la vigne, ces remous qui font houler ses épaules comme si quelque bête était entrée en elle qu'il lui fallût chasser avec de grands efforts. La flamme des cierges toute pâle dans la lumière de la fenêtre sans volets. Sous la chaleur, exaspérée, la terre craque et se dessèche, les vignes écartelées sur les treilles se rôtissent contre la chaux. Mais quel été réchauffera jamais ta tête vide, tes jambes mortes, tes mains transparentes, que toutes les eaux de l'argile vont laver ?

Il est mort : par les convois éternels, ce soir, il débarque aux stations surnaturelles pareilles à quelque halte nostalgique dans les champs, mais sans timbre, sans cailles, sans roses, sans tilleuls, sans étoiles ; il débarque d'un train sans bagages, avec sa poitrine trouée, ses jambes encore inhabiles, son âme excessive et si lourde dans ce corps qui voulait tant vivre comme ces chevaux qui chargent encore dans la bataille, emportant leur cavalier mort. Battling, Battling, sache nous le dire ; quel nom faut-il donner à la gare où tu descendis ? Et nous, qui prenons nos billets pour les plus belles stations du monde, nous y faudra-t-il descendre aussi ? Faut-il attendre, guetter un miracle, le contraindre à force d'espoir ? Oh ! que notre volonté fût si violente, que notre désir fût si grand... Mais non, mais non, nous le lisons sur ta face amère : la mort n'est pas un malentendu.

Il est mort ; des phrases du catéchisme et de la messe passent dans notre mémoire incohérente à travers l'image de l'étude et du préau : « Lave-moi, Seigneur, avec l'hysope ; lave-moi, Seigneur, pour que je sois blanc ». Ces objets inutiles sur la table, déjà pesés dans les balances éternelles, ces objets devenus des témoignages ; « le poids de ses bonnes actions... » Il est mort. Sur nos cœurs la vie oblitère une date, au timbre sec, en frappant fort. « Nous clamons du fond de l'abîme... Mon Dieu, pardonnez-nous nos péchés ». Pourquoi le principal a-t-il dit : « Personne n'a tort dans cette histoire » ? pourquoi s'épongeait-il le front ? Comme tu nous en as voulu, Battling ! Comme tu nous gênes, ce soir...

« Ce n'est pas pensé, ce n'est pas senti, c'est bien misérable, mon pauvre Larache ; vous ne comprendrez jamais rien au désespoir... »

La vie vous attendait à ses portes, Larache Fernand de 1re D, vous avez raté votre dernier devoir, élève Larache. Mais une fois de plus, méprisant le sujet, poussé par une pudeur mortelle, Larache Fernand de 1re D, la main sur sa poitrine brisée comme un œuf de Pâques, passe outre aux conseils de son professeur terrestre pour entrer dans l'éternité.

L'odeur des pommes, *la Valse Brune*, le calendrier des spahis...

Vous serez refusé à vos examens, élève Larache ; vous n'avez pas traité le sujet...

Le temps a passé depuis lors, les mois, les années. Les petits trains qui nous attendaient à la gare ont sifflé sur les petits viaducs pour nous emporter vers nos petits destins. Nous avons appris que les routes terrestres tournent en rond autour de la terre, terrestrement. Et cependant le vieux collège, à travers les saisons fugitives, poursuit encore ses destinées ; Victor Hugo rumine toujours sur sa porte comme sur les rocs de Jersey ; je suis revenu pour le voir un soir d'automne ; mais rien n'avait voulu rester à l'échelle de mes souvenirs.

Les morts seuls. Battling, mon voisin, te souviens-tu de l'étude du soir, du gaz et des gros dictionnaires ? Battling, je suis resté fidèle à ta mémoire ; cette photographie jaunie qui m'a suivi sur tous les murs de mes chambres impersonnelles, signée « Daunou, rue de la Pompe », en lettres d'or avec un paraphe, c'est bien la tienne ; c'est celle qu'une vieille demoiselle nous a donnée un matin de dimanche, le jour de la distribution des prix, sous les marronniers solennels du vieux collège. Elle était accompagnée du principal et d'un homme étrange dont les yeux faisaient peur aux petits. Cette vieille demoiselle qui sentait la naphtaline, et qui courait, de groupe en groupe, comme une poule effarouchée dans une basse-cour, nous ne savions que lui dire, nous n'avions pas l'habitude des morts. Elle disait : « Ce petit Fernand, qui était toujours si pieux, si sage... Vous l'avez aimé, n'est-ce pas, monsieur ? » « Il aurait pu si bien faire en français, comme me disait M. Tourlaize ; mais il réussissait encore mieux en mathématiques ; nous en aurions fait un ingénieur... » « Vous étiez à côté de lui en classe ? A sa droite, ou à sa gauche ?... A sa droite ! comme ça alors ? Ah ! et de l'autre côté il y avait le mur ?... Vois-tu, Charles, il avait le mur à sa gauche, comme ça, et de l'autre côté, son voisin c'était ce monsieur... Il vous parlait de lui, sans doute, on se confie à ses camarades, et que vous disait-il, monsieur ? » Qu'aurais-je dit ? Je me sentis bête. Il fallait parler au hasard. « Il se passionnait pour les grands poètes. Il n'admirait que les belles choses. Il avait un culte pour Victor Hugo ». « Le premier, monsieur, sans doute ? Le Victor Hugo chrétien ? Ah ! c'était une si belle âme ; il allait d'instinct à ce qui est grand. Entends-tu, Charles ? Ce monsieur était à côté de lui en classe ; il se passionnait pour les poètes ; il avait un véritable culte pour le premier Victor Hugo... Vous avez eu beaucoup de prix, monsieur, si, si, c'est très joli à votre âge ; vous les avez bien mérités. » J'avais eu un prix de gymnastique...

Pauvre Battling. Comme la vérité se venge, et comme tu aurais été gêné.

Tristesses : ce jour où les internes étaient réunis dans la gare, autour d'un wagon rempli de fleurs, le principal fit un discours avec des citations latines : « nourri de l'esprit de ces grands Romains... » ; il te promit une immortalité impersonnelle dans les Champs-Élysées des cérébraux, des érudits et des stoïques ; à toi, Battling, qui étais en « Sciences-

Langues », et qui mourus dans les bras d'un prêtre, torturé par l'angoisse de l'au-delà.

Quand on revint, les regrets humains avaient fait place aux soucis professionnels dans l'âme des administrateurs du collège. « Si encore c'était un boursier... » disait le principal à Rétine, raide comme un tambour-major dans son habit de cérémonie. Mais Rétine, qui avait aimé le pauvre Battling comme un disciple, malgré son inaptitude au clairon, trouva dans la bonté de son cœur cette réponse impérissable : « C'était un garçon, Monsieur le Principal, qui avait le goût de la vraie musique militaire. C'est une chose qui se perd de nos jours ».

Le sifflet du train annonça que Battling partait en grande vitesse, comme une denrée périssable, comme une marchandise en péril.

Tandis que la bonne volonté privée tissait avec l'indifférence officielle les premiers fils de la légende de Battling dans une gare de sous-préfecture désœuvrée, Manuel était resté chez lui.

J'étais allé le chercher moi-même, une demi-heure avant la cérémonie. Je l'avais trouvé dans sa chambre, en pantalon, les pieds nus, la chemisee ouverte, mal peigné, assis sur le bord de son lit, et tenant sur ses genoux le clairon du pauvre diable.

« Crois-tu que c'est assez ridicule ? m'avait-il dit. J'ai été obligé de traverser la ville avec ce clairon sous le bras ; où le mettrais-tu à ma place ? Sur la commode ? Sur la cheminée ? Au-dessus du lit ? La première nuit, je l'avais posé sur la commode : je l'ai vu en rêve toute la nuit ; je l'ai mis partout, ça ne va nulle part ; il me gêne ; il m'encombre ; il m'accuse. Je suis sorti avec, l'autre jour, sans m'en douter, tant il m'obsède. C'est épouvantable, une chose pareille; ça m'accable comme un reproche ; il me semble que c'est moi qui suis cause... Que dit-on en ville ? On ne parle pas de moi ? Ne me cache rien ». Aucun raisonnement n'y fit, nulle prière ; il ne voulut pas venir à la gare saluer le cercueil de Battling. Il disait que c'eût été pour le moins un manque de tact. Il avait prétendu pour ses parents qu'il était malade.

Un autre jour, à *Mexico*, il me dit à la fin d'une conversation qui s'était traînée sur des sujets d'une neutralité désespérante : « Je crois que Battling, pour se venger, m'a légué son âme avec ce clairon impossible. Je n'en sors pas, je m'y empêtre, j'y trébuche. Dis-moi un remède. Les raisonnements n'y peuvent rien ».

En revenant de passer l'oral, avant de partir du collège, j'allai le voir une fois encore et nous montâmes jusqu'aux Orgues de Simèse, une immense muraille basaltique couronnée d'un petit bois de pins. Que de fois, au cours de cette année, qui marquait pour Manuel sa dernière étape scolaire, nous étions venus jusqu'ici, pleins d'espoir et de projets chimériques pour le jour où nous aurions fini nos classes Qui nous eût dit que ce jour-là serait si noir ?

Manuel avait voulu à toute force trimbaler ce clairon inadmissible ; je n'y comprenais absolument rien ; il avait un air bizarre et préoccupé ; tantôt il n'entendait pas ce qu'on lui disait ; tantôt il répondait à côté, à des questions qu'on ne lui posait pas. Depuis la veille, il était reçu à la deuxième partie du baccalauréat. Le soir, nous devions fêter cet événement à la table de l'antiquaire. Mais Manuel avait l'air si sombre que je me reprochais presque d'être resté. Il me tint en haut des Orgues de Simèse des discours si véhéments que je n'en croyais pas mes oreilles ; lui si sec d'ordinaire dans ses paroles, lui qui affectait même, à propos de ce que la plupart des gens s'accordent à considérer comme important, une sorte d'impertinence supérieure qui constituait l'exagération juvénile d'une attitude au fond sincère envers la vie, il me parla tout l'après-midi avec une âpreté passionnée où il me semblait reconnaître l'expression du caractère caché de Battling. D'Erna Schnorr il me dit brièvement qu'il n'avait plus voulu la voir, à cause de Battling, et que, comme elle était trop fière pour le rappeler à elle, il ne la reverrait probablement plus jamais ; que d'ailleurs il lui écrirait ses raisons et qu'elle ne pourrait pas ne pas le comprendre. En disant cela, il soupesait machinalement le clairon de Battling : « Qu'il est lourd ! » fit-il. Il me le donna pour m'en rendre compte. « N'est-ce pas ? On ne croirait pas, à voir ce bout de cuivre. C'est lourd comme un sac de plomb. » Il m'inquiétait. Il ajouta au bout d'un moment : « C'est comme les morts ; ils pèsent bien plus que les vivants, à cause de la force d'inertie... Il est rigolo, ce clairon, on devrait le sculpter sur la tombe d'Erna, avec des coquilles Louis XV, des petites volutes, et une épigraphe : « Ah ! dis, chéri, ah, joue-moi-z'en... » J'étais gêné. Il n'aurait pas dû parler ainsi à cause de ce pauvre Battling dont je voyais encore le visage pâle sur l'oreiller blanc, au-dessus du col empesé, la cravate noire, les revers bleu sombre. Sa figure était à la fois si présente et si lointaine... Il jouait, au bout du jardin, comme un coq enroué, sous le soleil de cinq heures,... si plein de lassitude et d'âpreté... Mais c'était sur un ton triste que Manuel se moquait. « J'ai beaucoup réfléchi à Battling, ajouta-t-il ; c'est à cause d'Erna qu'il est mort ; ce n'est pas à cause de Céline. Erna, il l'aimait plus que moi, vois-tu ; il l'aimait trop, rappelle-toi le mal qu'il en disait. Jamais il n'a parlé si mal de Céline. Céline, ce n'était qu'un prétexte pour les copains, un truc pour faire croire, une petite fanfaronnade pour se tromper le cœur et une façon de dire : « Va donc, avec tes femmes-peintres ! Ce qu'il nous faut, ce n'est pas des intellectuelles à théories, mais des belles poules en pleine forme ». Ça n'empêche pas qu'il la voyait sentimentale, le pauvre diable, sûrement ! Quel tissu de contradictions ! Vois-tu, depuis qu'il m'a rendu ce carnet, à son lit de mort, comme si c'était une chose importante, il me semble... ; il y a même des moments où j'en suis sûr... C'est quand il a vu que là aussi il arrivait trop tard, que je lui avais gâché d'avance sa pauvre vengeance, même pas, le prétexte transparent qu'il employait pour sauvegarder sa dignité vis-à-vis de nous, tout en sachant d'ailleurs que ça ne prendrait pas, mais en admettant de se contenter de l'équivoque..., c'est à ce moment-là, je te dis, qu'il a dû se monter la tête... Rappelle-toi ce goût de souffrir qu'il avait. Rappelle-toi, en cinquième, quand Damour avait saccagé les tomates du patron et que Battling s'accusait pour lui.

— Oui, mais tout ça n'est qu'hypothèse. Pourquoi vouloir à toute force te rendre responsable ? Tu fais comme Battling en ce moment. Après tout, rien ne prouve qu'il se soit tué volontairement, le pauvre diable.

— Oh ! je t'en prie, fit Manuel d'un air las ; laisse donc ça au principal et à la famille. Et puis tu as raison, après tout ; je ne suis pas responsable de sa bêtise.

Il s'exaltait en parlant.

— Aller prendre Céline pour une femme sensible ! Faut-il être idiot tout de même ! Avait-il l'air assez tarte avec son réveil en fantaisie ! Et cette andouille de Baladier qui l'excitait...

Il opéra un moulinet avec le clairon et singea Battling sonnant la soupe.

— Assez, Manuel, lui dis-je, tu es fou ! Tu piétines un camarade dont tu te reproches la mort.

— Et voilà, s'emporta-t-il, et voilà ce que je ne permettrai pas qu'on dise. Et voilà ce que vous pensez tous ! Mais j'en ai soupé, à la fin, de ces responsabilités qu'on m'impose, comme si j'étais coupable là-dedans ! En tout cas je ne serais pas le seul. Si le patron et tous les autres ne nous avaient pas traités bêtement comme des gosses, nous n'aurions peut-être pas tant cherché à nous rattraper hors du collège. Tout cela ne serait peut-être pas arrivé. A qui la faute ? Et moi je dis que c'est à ces idiots solennels qui ne savent pas comment nous traiter, qui nous prennent tantôt pour des hommes et tantôt pour des enfants, ni chair ni poisson, suivant les intérêts de l'école et jamais suivant les nôtres. Regarde le patron qui vient parler sur le cercueil de Battling du paradis de Socrate et de Zénon, d'après ce que tu me disais ; il a presque l'air d'admirer l'énergie de Battling, de le traiter comme un type supérieur, est-ce vrai ? Eh bien, je te dis que, s'il l'avait trouvé au bord de l'étang avec son fusil sur la poitrine, il lui aurait collé deux heures de retenue en lui faisant un discours didactique. « Vous venez vous tuer sous mes yeux, élève Larache ? Vous avez le front ? Passez d'abord vos examens. Vous voulez mourir sans bachot ? Au piquet, au piquet, mauvais élève. Je vais vous apprendre à vous payer du désespoir, jeune sauvage... »

— Manu, Manu, je t'en prie, tu t'exaltes...

— Quoi ? Je m'exalte ? Et il lui aurait cité du latin, par-dessus le marché, pour que ce soit plus beau ! Ah ! les tartes ! Mais Battling s'exaltait plus que moi ! Et personne n'a voulu le voir, et c'était peut-être ce qu'il avait de meilleur, cette fermentation, si on avait su l'utiliser d'une façon intelligente ; regarde ce qu'il faisait en classe, avec Tourlaize, et tout seul il trouve le moyen d'écrire un truc qui le met bien avant nous tous ; il ne le savait pas, il en avait honte. Tu crois que c'est Rétine qui s'exaltera ? Alors... Et tu crois qu'on n'aurait pas dû faire quelque chose de cette fermentation de Battling ? Seulement ça les gêne, tu comprends, c'est tellement ridicule, tellement choquant ; ils ne veulent pas ramasser l'or dans la boue. Alors ils nous renient, c'est plus simple, parce qu'ils ont oublié qu'ils ont été comme nous, et parce que le temps s'est chargé de leur faire passer ça ; ils n'ont encore trouvé qu'un truc pour nous traiter ; c'est de fermer les yeux volontairement sur la vérité difficile, en nous considérant comme des gamins ridicules ou des hommes complets ; ils sont gênés par nos dix-sept ans comme par une folie puérile. Ils sentent qu'en n'abdiquant pas le silence, en préférant le malentendu, ils sauvegardent mieux leur dignité parce qu'ils ne sont pas de force ; ils évitent des jugements gênants ; ils savent que nous leur demanderions trop. Ils n'avaient qu'à ne pas nous faire lire ! Alors ils parlent de l'expérience, c'est plus facile. Crois-tu que les grands hommes parlaient de leur expérience ? C'est une façon d'éviter la faillite ; et ça fait bien.

Manuel exposant avec fanatisme des théories pédagogiques ! J'étais étonné trois fois ; et inquiet.

— Manu, Manu, je te dis que tu t'exaltes... Ce n'est peut-être pas leur rôle... Je ne t'ai jamais vu dans un état pareil...

— Ah ! fit-il, j'accuse les autres pour partager les responsabilités. Pourquoi m'a-t-il donné ce clairon ? Il se venge. Il me poursuit. Il m'a semblé qu'il voulait me faire expier, payer, disparaître. Il m'a complètement tourné la tête. Alors j'ai agi comme un gosse. Il faudrait bien que je te le dise : j'en ai pris pour cinq ans, l'autre jour, au bureau de recrutement, avant l'oral...

C'était complet ; ainsi Manuel, Manuel qui raillait Battling...

— Mais le consentement de ton père ?

— Il ne me refuse pas ce que je veux bien. Et puis c'est fait. Ça m'est égal d'ailleurs. Ce qui m'ennuie c'est que j'aurais peut-être pu faire quelque chose, Erna me le disait, je la croyais, et après ce sera sans doute trop tard.

— Pourquoi ? Pourquoi ? Si tu as quelque chose à faire, ça finira bien par sortir.

— Oui ? dit-il. Et le temps perdu ? Et le doute ? Qu'en sais-je ? Qui m'aide ? Qui me dira ?

— Crois en toi, Manuel.

— C'est un peu ridicule. C'était aux autres de me renseigner.

Je m'aperçus qu'il était tout près du gouffre ; je craignis qu'il ne se mît soudain à gesticuler et qu'il n'allât piquer dans le vide. Je l'attrapai à bras le corps par derrière et nous roulâmes par le talus jusqu'au chemin.

— Tu en as de drôles, toi !

— Nous allons être en retard pour dîner, Manuel.

— Ah ! nous ne sommes que de pauvres gosses...

Ses cheveux défaits, son col ouvert, ses habits couverts de mousse... Il n'avait pas lâché le clairon...

— On va faire éternuer le saurien.

Il en tira un son lamentable.

— Allez, hop ! fit-il aussitôt avec un sourire ironique.

Et, l'attrapant par l'embouchure, il le balança dans le ravin comme un remords dont on se débarrasse. On entendit le choc du clairon sur les basaltes.

— Voilà ; partez, vous êtes guéri.

Il avait repris sa désinvolture et son ton sec.

Sa mue s'était faite en deux semaines.

Depuis, je n'ai guère reçu de lui que des lettres assez courtes d'où il était difficile de conclure. Des préoccupations professionnelles, mais oui, et des impressions dans sa manière sèche, mi-sincère, mi-voulue ; ce qu'il y avait de plus personnel, c'était encore, au tournant d'une phrase, une sourde nostalgie, à peine indiquée, qu'on sentait rôder, toujours en quête, autour de certains décors de notre temps de collège ; *Mexico*, les orgues de Simèse, l'atelier de l'oncle, la maison d'Erna. Mais que pensait-il? Que voulait-il? Où allait-il? Se sentait-il sur la route? Je ne sais pourquoi, à travers ces lignes qui ne reflètent ni optismisme ni tristesse, ni même un scepticisme qui serait sans doute affecté, il me semble lire un gâchage qui refuse de s'avouer. Depuis, j'ai souvent pensé à lui, comme à un homme qu'on voit passer sur un chemin dans la montagne, et qui ne se montre que de dos ; il marche d'un pas sûr, sans rien dire ; on ne comprend pas sa route parce que les accidents du terrain cachent peut-être des repères qu'il est seul à voir. Peut-être... ; c'est là l'inquiétant. Il sait toujours ce qu'il doit faire, mais on ne comprend pas son but.

Je ne l'ai revu qu'une fois, deux ou trois heures, entre deux trains, dans une ville d'eaux. Il était avec une dame qu'il raccompagna chez elle avant de venir me retrouver dans un café. C'était une femme plus toute jeune, très belle et sur laquelle il se montra discret. Il était en civil, impeccable. Je me sentais heureux, indécis et plein de confiance dans un avenir que je ne cherchais pas à deviner mais que l'après-midi me promettait agréable ; il avait l'air indifférent et sûr de lui. Aussi fus-je très surpris qu'il semblât parfois un peu gêné pour me dire certaines choses, parce que je ne lui donnais plus toujours raison comme autrefois ; c'était son passé, sans doute, qu'il écoutait, ce n'était pas moi ; il faisait « oui, oui » de la tête, ou « peut-être bien », comme pour approuver avec impuissance, d'un air de dire : « Evidemment, il vaudrait mieux ; mais voilà, on ne peut pas changer les choses ». Il tapait sur le bord de la table avec une paille ; une fois, il me regarda longtemps, il ouvrit la bouche comme pour parler, puis il se tut ; je ne cherchai pas à provoquer des confidences dont il se serait peut-être repenti. Quand je lui dis que je passerais par Berlin la semaine suivante, il me dit d'aller me présenter à Erna Schnorr qui habitait à telle adresse, chez une amie, de lui dire qu'il allait lui écrire, qu'elle voulût bien ne pas lui tenir rigueur de son long silence, et qu'il attachait de l'importance à sa réponse. Que pouvait-il bien lui vouloir?... Il me dit encore que son père n'avait pas l'intention de se retirer du commerce avant quelques années, et qu'alors, en attendant, il se rengagerait encore au Maroc pour attendre, qu'il y avait moins de soucis là-bas, dans son emploi, que dans les garnisons françaises. Nous nous quittâmes à la gare sans nous être complètement reconnus.

A Berlin, j'ai appris par l'amie d'Erna Schnorr, qu'elle est mariée, qu'elle s'appelle

Mme Meyer-Fehr, et qu'elle habite au Grunewald, une villa dont son amie m'a donné l'adresse. J'ai hésité longtemps à y aller ; mais Manuel avait eu l'air d'attacher à cette visite une certaine importance. Et puis, la tentation de confronter le passé... J'ai vu Mme Meyer-Fehr, au milieu d'une famille de douze enfants roses, sans éprouver de curiosité ni d'émotion. Elle m'a dit en souriant et en hochant un peu la tête qu'elle écrirait à Manuel, qu'il fallait qu'il eût bien besoin d'elle pour songer à lui écrire après un aussi long silence, qu'en attendant je pouvais lui donner son adresse et lui dire qu'elle avait adopté le docteur Meyer-Fehr ; elle avait lancé sa méthode d'une façon plus commerciale que le pauvre veuf ne l'aurait jamais osé : « C'est très simple, dit-elle, et ça n'a pas d'importance » Elle ajoutait cette petite phrase à propos de tout. Elle parlait un français assez pur, d'une voix basse, en fermant certains *è* ouverts et en roulant un peu les *r*, avec précaution, comme des meubles de prix.

Le soir, je vis dans les journaux des articles signés de docteurs considérables relatant les merveilles réalisées dans des hôpitaux officiels par l'éminent docteur Meyer-Fehr ; le portrait de ce petit vieillard charmant ornait tous les magazines au même titre que celui des potentats qui visitaient alors l'Allemagne et des athlètes les plus en vue. En manchette de première page, sur un journal suisse assez lu, j'aperçus cette interrogation :

EMILE COUÉ OU MEYER-FEHR ?

C'était la gloire.

C'est ainsi que s'étaient évadés, tour à tour, dans l'espace ou dans le temps, les personnages de cette histoire : Erna dans le commerce et la famille, Manuel chez les soldats et les femmes, et Battling au pays des morts. L'aventure des collégiens chimériques commençait à devenir un vieux souvenir quand, un jour, pris d'une nostalgie, je voulus revoir le collège, la prairie de *Mexico*, le cimetière, les lauriers-roses de l'*Alhambra*, et ce mur de vigne-vierge sur lequel se profilait le soir, à la récréation de quatre heures, la silhouette autrefois si émouvante d'Erna Schnorr.

Dans l'atelier du marbrier, des hommes tapaient sur la pierre. La conversation s'engagea sur les récoltes, car les ouvriers de ce pays sont demeurés des rustiques. Puis on parla des conscrits, des foires...

— Et le tombeau de Mlle Schnorr?

— La demoiselle de chez Contade?

— Oui, justement.

— Oh ! bien, fit l'homme, pour tout vous dire, elle avait bien recommandé, quand elle est partie, de le lui garder ; et puis on n'en a plus eu de nouvelles. Et ça faisait bien du temps déjà. Moi, ça me faisait malice ! Tant comme on y avait bien travaillé ! Ça fait que comme ça, un soir que le père Feracci était pas là, je vois venir les trois demoiselles Sardaigne, de Saint-M..., les sœurs de l'expert-jomètre, vous savez bien ? Je les connais depuis tout petit, je suis de là-bas, moi aussi. « Oh ! qu'elles me font, pauvre Tienne, si on croyait de vous revoir !... C'est pour la tombe de ce pauvre Fernand. » Vous avez bien dû le connaître à votre école, un grand beau gaillard qu'ils avaient adopté dans la famille ; ils avaient été le chercher à la préfecture, j'ai jamais su d'où ils l'avaient sorti : vous savez bien comme il est Monsieur Sardaigne, franc comme l'or, on peut pas dire, mais il n'a jamais été bien parlant ; enfin, voilà de fil en aiguille, pour vous finir mon histoire : « Tenez, demoiselles, que je leur fais, voilà un monument de dix-mille ; si vous le voulez, dites-le, il est à vous ». Elles ont bien trouvé que c'était un peu cher ; mais elles avaient économisé des sous pour ce monument, et elles voulaient pas le lui plaindre ; elles discutent, elles marchandent, elles finissent par dire oui. Quand le père Feracci revint, que je lui racontai la chose, il me savonna la tête de première. « Vous en faites jamais d'autres, bougre de Tienne, qu'il me dit ; un monument vendu et payé ! vous allez me le revendre? Elles l'auront jamais, qu'il me fait. Je vous en ferai la honte, sûr que je vous en ferai la honte, devant elles, comme à un voleur ». Quand il a eu bien passé sa colère : « Dites, patron, que je lui fais, vous trouvez pas que ça tient de la place dans l'atelier, ce monument? Voilà plus de six mois, que je dis, qu'il nous encombre; qui sait bien si vous le verrez jamais partir? — Ça, qu'il me fait, la demoiselle y pense sûrement plus guère. Elle est peut-être bien morte à l'heure qu'il est? — Oh ! pour ça, patron, que je lui dis, notre pauvre corps n'est que poussière. On a plus vite fait de casser sa pipe que non pas de gagner le gros lot, comme on dit. Qu'est-ce que vous lui devez, en somme? Est-ce qu'elle vous a payé la location de la place, cette demoiselle? Elle payerait bien au garde-meuble ! C'est pas poli de rien dire aux gens.

Et puis tant comme c'est du joli travail que ce serait trop dommage qu'il nous reste sur les bras ». Et de lui en dire, de lui en dire ; il a fini par dire comme moi : « Vous aurez donc toujours raison, sacré Tienne? » qu'il me fait en rigolant, et il m'a payé chopine. Ça fait que, si la demoiselle le réclame, on lui en fera un tout pareil. Vous l'avez peut-être connue, cette demoiselle?... »

C'est ainsi que le grand Battling dort dans un cimetière de campagne sous le tombeau même d'Erna Schnorr, célébrité européenne. Je n'ai pas voulu aller voir cette dérision.

Mais j'ai retrouvé, un soir de septembre, dans le parloir du vieux collège, les gravures qui nous amusaient jadis. Ce Laocoon aux muscles excessifs, n'est-ce pas l'âme même du pauvre Battling, cette âme hypertrophique et tourmentée luttant toujours contre des boas invisibles, dans un combat dont il est mort?

Sur la fenêtre où les ampoules électriques se reflètent maintenant, les marronniers dont on distingue encore les feuilles semblent porter des poires d'or dans leurs mains noires ; je songe toujours à son âme étrange, aux fruits bizarres qui l'ornaient dans ces lointaines saisons scolaires...

Où es-tu, Battling, où es-tu maintenant? avec ce goût que tu avais, dit-on, de la vraie musique militaire et du premier Victor Hugo ; avec tes cheveux rouges et tes muscles d'homme, et tes sentimentalismes compliqués, et cette âme acide, mon pauvre Battling, et cette pudeur hargneuse, et ces âcretés d'adolescent qui te faisaient détester des maîtres ?... Les copains t'aimaient quand même pour le bon cœur dont tu avais honte... L'odeur amère du bois mouillé se mêle à l'âcre parfum des fumées par dessus les champs qu'on désherbe pour préparer les premiers labours. Voici l'heure où le souvenir nous sollicite. Si tu savais comme tout est simple !... Mais tu n'as pas voulu attendre ; toi qui fus avec nous, Battling, pour les semailles, tu ne viendras pas moissonner. Qui voulais-tu donc défier dans ta misère orgueilleuse? Va, la vie s'est bien passée de toi.

La devanture de *Mexico* pose toujours sa flaque d'or dans le crépuscule ; marque-t-elle toujours le seuil de ce monde extra-terrestre où les collégiens chimériques se retrouvaient seuls, le jeudi ? Peut-être les sortilèges anciens voudront-il agir ce soir encore, sur les pelouses de ce Riou modeste qui charrie plus de feuilles mortes que de rubis.

Dans la nuit, de la haie qui bordait le champ, j'ai vu sortir un homme étrange et maladroit chargé d'un paquet cylindrique ; son fond de pantalon, un damier noir et blanc, tombait sur ses jambes grêles qui supportaient un gros ventre ; il était fait comme les bouteilles de Bénédictine sur les caricatures de Sem. Il regarda d'un air inquiet dans tous les sens comme un homme qui veut s'assurer d'être seul. Il ne me vit pas dans mon coin. Il n'arrivait pas à se dépétrer de sa haie où il restait pris par ses pattes grêles comme une ronce dans un buisson ; ses sabots s'engluaient dans la terre molle ; alors il alluma sa tête en poire aux yeux loufoques, et je reconnus le père Ubu ; il était en bras de chemise et portait un tablier bleu ; son crâne pointu s'entourait d'un halo jaune. Quand il fut sorti de la haie, il remonta le Riou lentement, en arrachant ses pieds à la glèbe ; j'avais peur qu'il n'allât s'éteindre comme un ver luisant effarouché. Quand il fut devant moi, à cent mètres, il déroula tout d'un coup son tapis avec un bruit sec, et je vis arriver en file indienne, comme des clowns qui descendent sur la piste, les fantômes des après-midi d'autrefois. Le vieux Sachem, trop long, trop vieux, portait un trombone à coulisse ; le principal en bois verni traînait un pupitre à musique ; le vieux gentleman de la vallée haletait sous une grosse caisse coloriée. On installa tous les appareils. Le principal fit la parade ; le père Ubu se livrait pendant ce temps à une série de culbutes molles, et, sous les coups du vieux gentleman, la grosse-caisse rendait un son flasque, comme un édredon brusquement giflé. Tout au bout de la rue des Merveilles dont nous avait parlé Battling, je vis apparaître une sorte de prince vêtu d'un costume oriental ; son manteau pourpre, ses galons d'or et ses bottes rouges flambaient dans la lumière des bazars ; à mesure qu'il approchait de l'ombre, son image se ternissait de plus en plus ; quand il s'assit devant le feu pâle du Sachem, il avait l'air si vieux, si triste et si fané, qu'on l'aurait pris dans son burnous pour un paquet de linge sale ; deux femmes se couchèrent à ses pieds, symétriquement, vêtues comme dans la *Vie*

Parisienne. Il alluma une cigarette d'un air las ; la cendre ardente éclaira la tête de Manuel, mais cruellement stylisée, un visage de marlou maigre avec de grands cernes mauves autour de deux yeux fiévreux. Puis, du fond de la Rue des Merveilles, une autre ombre s'approcha en chancelant. Elle était vêtue comme Battling aux grandes vacances ; des souliers blancs avec une tache rose, un pantalon de toile grise et un veston bleu. Il tenait à deux mains sa poitrine fragile qui avait éclaté comme une noix de coco ; son crâne était tout gris, sans cheveux, tout lisse, pareil à une vieille balle en caoutchouc. Quand il eut réussi à gagner le cercle formé par les autres autour du feu, il s'assit en trébuchant à la place vide et tendit ses mains à la flamme ; je ne voyais que son dos bleu en haut duquel dodelinait sa tête vide ; il fredonnait à demi-voix cette chanson, qu'il tenait sans doute de Baladier :

J'ai fait une escarpolette
Là-bas au fond du jardin...

et tous reprenaient en chœur, avec le même balancement de tête :

J'ai fait une escarpolette
Là-bas au fond du jardin...

Cette dérision monotone dura longtemps ; quand on croyait que c'était fini, la chanson renaissait de ses cendres comme un feu qui ne veut pas mourir, s'allumait, montait, pétillait, tombait, repartait encore. Enfin, lorsque le silence régna et qu'il fut bien entendu de tout le monde qu'il n'était plus du tout question de recommencer l'escarpolette, Ubu se leva pesamment, sortit un clairon de sa poche, et, tourné vers les quatre points cardinaux, sonna quatre fois le réveil en fantaisie. Ce réveil ne ressuscita personne ; à la première fois, ils laissèrent tous tomber la tête, à la deuxième ils s'affalèrent à plat sur le sol, le tronc entre les jambes, comme des polichinelles en bois ; à la troisième, ils disparurent ; à la quatrième, Ubu s'inclina, une main sur le cœur, salua dans ma direction, envoya des baisers aux arbres, roula le tapis à une vitesse vertigineuse, le plaça sous son bras gauche et s'enfonça dans la haie.

Il s'y empêtra de nouveau, rua, toussa, éteignit sa lumière. Il ne restait plus qu'un champ blanchâtre dont la nuit brouillait les reliefs.

Au fond du soir halluciné, tous feux dehors sous ses cheminées fumantes, le vieux collège, pareil à quelque steamer perdu dans la brume, agitait sa cloche affolée.

Les étoiles sont cachées dans le brouillard... La Polaire, sur quoi nous fondions tant d'espoir, et les moindres, qui nous ont trahis comme elle..

« C'est trrés simple, comme disait Erna Schnorr, et ça n'a pas d'imporrtance. »

Battling, Battling, nous n'irons plus à *Mexico* nous laisser prendre à leurs promesses. Nous ne prêterons plus l'oreille aux conseils du ciel de cinq heures, ni aux voix du vent dans le préau. Nous n'agiterons plus sur les murs du parloir l'ombre emphatique de nos petites pélerines. Tu n'invectiveras plus jamais Victor Hugo dans la cour qui sent le tilleul, à l'heure où les chats irrités font le gros dos sur la pleine lune.

L'IMAGINAIRE

GALLIMARD

Axée sur les constructions de l'imagination, cette collection vous invite à découvrir les textes les plus originaux des littératures romanesques française et étrangères.

Volumes parus

1. Raymond Queneau : *Un rude hiver.*
2. William Faulkner : *Les palmiers sauvages.*
3. Michel Leiris : *Aurora.*
4. Henri Thomas : *La nuit de Londres.*
5. Max Jacob : *Le cabinet noir.*
6. D. H. Lawrence : *L'homme qui était mort.*
7. Herman Melville : *Benito Cereno et autres contes de la Véranda.*
8. Valery Larbaud : *Enfantines.*
9. Aragon : *Le libertinage.*
10. Jacques Audiberti : *Abraxas.*
11. Jean Grenier : *Les îles.*
12. Marguerite Duras : *Le vice-consul.*
13. Jorge Luis Borges : *L'Aleph.*
14. Pierre Drieu la Rochelle : *État civil.*
15. Maurice Blanchot : *L'arrêt de mort.*
16. Michel Butor : *Degrés.*
17. Georges Limbour : *Les vanilliers.*
18. George du Maurier : *Peter Ibbetson.*
19. Joseph Conrad : *Jeunesse* suivi de *Cœur des ténèbres.*
20. Jean Giono : *Fragments d'un paradis.*
21. Malcolm Lowry : *Ultramarine.*
22. Cesare Pavese : *Le bel été.*
23. Pierre Gascar : *Les bêtes.*
24. Jules Supervielle : *L'homme de la pampa.*
25. Truman Capote : *La harpe d'herbes.*
26. Marcel Arland : *La consolation du voyageur.*

27. F. Scott Fitzgerald : *L'envers du paradis.*
28. Victor Segalen : *René Leys.*
29. Paul Valéry : *Monsieur Teste.*
30. C.-F. Ramuz : *Vie de Samuel Belet.*
31. Marguerite Yourcenar : *Nouvelles orientales.*
32. Louis-René des Forêts : *Le bavard.*
33. William Faulkner : *Absalon ! Absalon !*
34. Jean Genet : *Pompes funèbres.*
35. Ernst Jünger : *Le cœur aventureux.*
36. Antonin Artaud : *Héliogabale.*
37. Guillaume Apollinaire : *La femme assise.*
38. Juan Rulfo : *Pedro Páramo.*
39. Eugène Zamiatine : *Nous autres.*
40. Marcel Proust : *Les plaisirs et les jours.*
41. André Pieyre de Mandiargues : *Soleil des loups.*
42. Maurice Sachs : *Le Sabbat.*
43. D. H. Lawrence : *L'arc-en-ciel.*
44. Henri Calet : *La belle lurette.*
45. Rómulo Gallegos : *Doña Bárbara.*
46. Georges Lambrichs : *Les fines attaches.*
47. Ernst Jünger : *Sur les falaises de marbre.*
48. Raymond Queneau : *Les œuvres complètes de Sally Mara.*
49. Marguerite Duras : *L'après-midi de monsieur Andesmas.*
50. T. E. Lawrence : *La matrice.*
51. Julio Cortázar : *Marelle.*
52. Maurice Fourré : *La nuit du Rose-Hôtel.*
53. Gertrude Stein : *Autobiographie d'Alice Toklas.*
54. Hoffmann : *Le chat Murr.*
55. Joë Bousquet : *Le médisant par bonté.*
56. Marcel Jouhandeau : *Prudence Hautechaume.*
57. Jane Austen : *Catherine Morland.*
58. Pierre Guyotat : *Tombeau pour cinq cent mille soldats.*
59. Aragon : *Traité du style.*
60. Frédéric Prokosch : *Sept fugitifs.*
61. Henri Bosco : *Pierre Lampédouze.*
62. Paul Bowles : *Un thé au Sahara.*
63. Louis Guilloux : *La confrontation.*
64. Henri Calet : *Le tout sur le tout.*

65. Hermann Broch : *La mort de Virgile.*
66. Pierre Herbart : *Alcyon.*
67. Thomas Mann : *Les Histoires de Jacob.*
68. Thomas Mann : *Le jeune Joseph.*
69. Thomas Mann : *Joseph en Égypte.*
70. Thomas Mann : *Joseph le Nourricier.*
71. Samuel Butler : *Erewhon.*
72. René Daumal : *Le Mont Analogue.*
73. Edmond Duranty : *Le malheur d'Henriette Gérard.*
74. Vladimir Nabokov : *Feu pâle.*
75. René Crevel : *Êtes-vous fous ?*
76. Mario Vargas Llosa : *La maison verte.*
77. Stig Dagerman : *L'enfant brûlé.*
78. Raymond Queneau : *Saint Glinglin.*
79. Hugo von Hofmannsthal : *Andréas et autres récits.*
80. Robert Walser : *L'Institut Benjamenta.*
81. William Golding : *La nef.*
82. Alfred Jarry : *Les jours et les nuits.*
83. Roger Caillois : *Ponce Pilate.*
84. Thomas Mofolo : *Chaka, une épopée bantoue.*
85. Jean Blanzat : *Le Faussaire.*
86. Jean Genet : *Querelle de Brest.*
87. Gertrude Stein : *Trois vies.*
88. Mircea Eliade : *Le vieil homme et l'officier.*
89. Raymond Guérin : *L'apprenti.*
90. Robert Desnos : *La liberté ou l'amour !* suivi de *Deuil pour deuil.*
91. Jacques Stephen Alexis : *Compère Général Soleil.*
92. G. K. Chesterton : *Le poète et les lunatiques.*
93. Emmanuel Berl : *Présence des morts.*
94. Hermann Broch : *Les somnambules,* I.
95. Hermann Broch : *Les somnambules,* II.
96. William Goyen : *La maison d'haleine.*
97. Léon-Paul Fargue : *Haute solitude.*
98. Valery Larbaud : *A. O. Barnabooth, son journal intime.*
99. Jean Paulhan : *Le guerrier appliqué. Progrès en amour assez lents. Lalie.*
100. Marguerite Yourcenar : *Denier du Rêve.*

101. Alexandre Vialatte : *Battling le ténébreux.*
102. Henri Bosco : *Irénée.*
103. Luigi Pirandello : *Un, personne et cent mille.*
104. Pierre Jean Jouve : *La Scène capitale.*
105. Jorge Luis Borges : *L'auteur et autres textes.*
106. Pierre Gadenne : *La plage de Scheveningen.*
107. Ivy Compton-Burnett : *Une famille et son chef.*
108. Victor Segalen : *Équipée.*
109. Joseph Conrad : *Le Nègre du « Narcisse ».*
110. Danilo Kiš : *Jardin, cendre.*
111. Jacques Audiberti : *Le retour du divin.*
112. Brice Parain : *Joseph.*
113. Iouri Tynianov : *Le lieutenant Kijé.*
114. Jacques Stephen Alexis : *L'espace d'un cillement.*
115. David Shahar : *Un été rue des Prophètes.*
116. Léon Bloy : *L'âme de Napoléon.*
117. Louis-René des Forêts : *La chambre des enfants.*
118. Jean Rhys : *Les tigres sont plus beaux à voir.*
119. C.-A. Cingria : *Bois sec Bois vert.*
120. Vladimir Nabokov : *Le Don.*
121. Leonardo Sciascia : *La mer couleur de vin.*
122. Paul Morand : *Venises.*
123. Saul Bellow : *Au jour le jour.*
124. Raymond Guérin : *Parmi tant d'autres feux...*
125. Julien Green : *L'autre sommeil.*
126. Taha Hussein : *Le livre des jours.*
127. Pierre Herbart : *Le rôdeur.*
128. Edith Wharton : *Ethan Frome.*
129. André Dhôtel : *Bernard le paresseux.*
130. Valentine Penrose : *La Comtesse sanglante.*
131. Bernard Pingaud : *La scène primitive.*
132. H. G. Wells : *Effrois et fantasmagories.*

Ouvrage reproduit
par procédé photomécanique.
Impression S.E.P.C.
à Saint-Amand (Cher), le 12 avril 1984.
Dépôt légal : avril 1984.
1er dépôt légal : septembre 1982.
Numéro d'imprimeur : 730.
ISBN 2-07-021362-5. Imprimé en France.

29 —

33523